講談社文庫

銃の啼(な)き声

潔癖刑事・田島慎吾

梶永正史

JN177611

講談社

銃の啼(な)き声

潔癖刑事・田島慎吾

主な登場人物

●警視庁

田島慎吾　捜査一課警部補
……潔癖症。無口。コミュニケーション下手

毛利恵美　捜査一課巡査
……おしゃべり。天然。田島の相棒

原田誠一　捜査一課参事官
……田島のよき理解者。メタボ

笹倉康助　捜査一課管理官
……浅草署での捜査本部の指揮をとる

八木圭一　捜査一課殺人班六係主任
……田島の同期。豪快

木場良彦　捜査一課殺人班六係
……八木班のメンバー

●陸上自衛隊

松井健　陸上自衛隊警務官
……田島を煙たがる。寡黙

堀内信児　陸上自衛隊二等陸佐
……エリート然とした高官

和多田将　堀内の門下生
……駐屯地内で小銃自殺

坂本正道　堀内の門下生
……交通事故で死亡

丸山一　フリージャーナリスト

渡辺賢介　暴力団員殺害事件の被疑者

富田明　防衛大臣

プロローグ

　一年を一日に喩(たと)えたならば、二月という季節は夜明け前に相当するのかもしれない。真夜中よりも、むしろ静まり返り、暗く、寒い。

　わずかな差で雪になりきれない冷たい雨が、激しく降る夜だった。

　寒さで目を覚ました男は、伸ばして組んでいた足を組み替えた。ふぅっと吐(は)いた息が鼻先二十センチのところにある天井に当たって跳ね返る。

　段ボール箱をつなぎ合わせてできた『わが家』は肩幅ほどの広さしかなく、寝返りを打つことも難しい。それに足先まで覆(おお)うことができていなかった。

　隅田川(すみだがわ)に架かる言問橋(ことといばし)の下なので直接雨に当たるわけではなかったが、川面(かわも)で砕(くだ)

けた雨粒が霧状に舞い上がり、時折、冷気とともに足先から駆け上がってくる。そのたびに男は目を覚まし、体を捩らせたり、足を組み替えたりしながらそれに対抗していた。

男には望月という名前があったが、最近は名乗ることがないので昔話のような曖昧な記憶として、海馬の奥にこびりついている程度だった。

必要のなくなったことから忘れられるというのは、ある意味においては幸せなことだが、なんの役にも立たないのに蘇ってくる邪魔な記憶もある。

それは過去の栄光であったり、幸せだったと感じる瞬間が自分の人生に少なくとも存在していたという証明だったり――。

そういった記憶は役に立たないどころか、かろうじて生きようとしているこの瞬間すら放棄させようとする。

望月は長い間、定住の地を持たなかった。この世界にも縄張りやしがらみがあるのだ。それが嫌で身を落としたのに、思うように生きさせてくれず、方々を渡り歩いた果てにたどり着いたのが浅草だった。

飲食店は多いが店じまいが早く、観光客もそれに合わせるように消える。ホームレスにとっては夜が更ける前に晩飯にありつけるし、隅田川には同様の輩もいることから、周囲からの目もまるで石ころを見るようで風景に溶け込めた。

そして川に沿ってテラスと呼ばれる長い親水歩道を持つこのエリアは縄張りがかち合うこともない。

花見のシーズンや花火大会などのイベントがある時期はここから離れるようにするが、その代わり、ふだんは大目に見てもらっている。

また湿った冷気が入り込み、淀んだ空気を入れ替えた。

ホームレスになる前から雨は嫌いだったが、ひとつだけ良いことがあった。とくにこの季節は、雨の夜にテラスを歩く人やランナーがいないのだ。

段ボールに身をねじ込んでいるとき、そばを通る足音が聞こえるだけで、それが侮蔑の言葉を吐いているように思えてしかたがない。そのたび、声にならない抵抗をする。

こうなったのは社会が悪い、運が悪い、チャンスを与えない世の中が悪い。

そうやって、小さな段ボールの家の中で息を殺しながら自己嫌悪に沈む。

だから雨の日は心が落ち着くのだ。

しばらく続いていた微睡みから呼び戻された。

雨音の向こうから人の声がした。気のせいか、いや。次いで足音と振動……。

言問橋の下の歩道は浮き橋になっているため、振動が大きく音も響く。ここで寝泊まりしているうちに人の数や、体重、靴の種類などの見当がつけられるようになっていた。

早くどこかに行ってほしい。そう願っていると、うめき声が聞こえた気がした。雨の音にかき消されてはいたが音声の低い領域は耳に届く。会話は聞こえなくても、それが楽しそうなものでないことは想像ができた。

やがて何かがどさりと落ち、そして慌ただしく走り去る気配。

酔っぱらいが吐いているのかと思った。そうではなかったとしても、自分のこのささやかな世界さえ脅かされなければ関係ない。

眠ろうと思ったが、睡魔はあっさりと消えてしまっていた。

望月は小さく舌打ちをし、段ボールのつなぎ目を押し開いた。

上半身を起こしてみると、あいかわらずの雨。言問橋の両側から降りしきる雨が街灯に照らされ、白いレースのカーテンを閉めているように見えた。頭上を覆う鉄骨は、荒々しく打ち込まれた鋲(びょう)を纏(まと)い、二つの橋脚(きょうきゃく)を跨(また)ぐ緩(ゆる)やかなアーチを描いていた。

伸びをして、寒さに身震いする。

そして、気づいたのだ。

白いカーテンから何かが突き出ているのが見えた。太い棒が二本……。

目をしばたいて、もう一度見る。

それから慌てて飛び出した。あまりに急だったので段ボールの一部を裂いてしまった。さらに腰を抜かしたようで、湿った地面に尻（しり）をついたまま両足をばたつかせた。

それは人間の足だった。腰から上はカーテンの向こう、冷たい雨の中にあった。

1

「わぁ綺麗な朝焼けですね。今日はいいことありそう」

角度を変えたブラインドの隙間から水平に飛び込んでくる朝の光に目を細めながら、毛利恵美が言った。髪は耳をかろうじて隠す程度の長さで、とくに前髪は額を大きく露出させるほどの高さで真一文字に切り揃えてある。くりっとした目が悪戯な色を湛えた。

「一緒に朝を迎えちゃいましたね」

そう言われた田島慎吾はわずかに眉を寄せたが、それ以外に反応を見せなかった。

決してロマンティックな状況ではない。二人は警視庁捜査一課の刑事であり、在庁待機のまま事件など起きずに夜が明けたところなのだ。

未明まで降っていた雨は朝日に追いやられるようにピタリと止み、大きく切れ込んだ雲の隙間から太陽が覗いているであろうことは、無関心を装う田島でもデスクの上にできたオレンジ色の縞模様から想像することができた。

田島は書き上げた報告書を両手で持つと、机に数回落としてしっかりと角を合わせ、クリップで留めた。いや、数枚ズレた。再度強めに落とし、確実に留める。

まるで鋭利なのこぎりで切り落とした板のように、きっちりと直角で構成された書類を見ると清々しい気持ちになるのだ。

引き出しを開け、ボールペンを所定の位置に戻す。赤ペンがやや斜めになっていたのが目に留まり、他のものと平行になるようまっすぐに修正した。

恵美を含め、他の者の机は乱雑に物が溢れているが、田島の机は整然としている。潔癖症というわけではないが、規律を乱すものがどうしても許せないのだ。

一流フレンチ店のフォークとナイフのように、何物もきっちりと平行に、間隔・順列・対称・秩序。世の中にはしかるべきルールがあり、それは決して乱されてはならないと思っている。

「田島さんって、潔癖症ですよね？」

向かいの席に座った恵美の階級は巡査で、警部補の田島は恵美の指導係ということになっている。不本意ながらコンビを組むことになってから、まだ日はさほど経っていない。

「違います。一日に何度も手を洗ったり、電車のつり革がつかめないってこともありませんし、温泉も大好きです」

潔癖症は一般的に公共の施設や共有物など、不特定多数の人間が触れるものを嫌う。そのために――。

「あー、あのね」

恵美が人差し指をメトロノームのようにチッチッチッと振ってみせる。

「それっていうのは、『不潔恐怖症』とか『強迫性障害』っていわれているやつ。でも潔癖症っていうのは広い言い方で、不正や不潔を嫌悪し、なにに対しても妥協できない完全を求める性格のこともいうの。だから田島さんはきっとそうなの」

そのドヤ顔にまた、イラッとするが、恵美は構わず追い打ちをかけてくる。

「〝度が過ぎた几帳面〟というだけなら〝癖〟ですむけど、そのボールペンはどうでしょ。自分の意思で並べているのか、それとも意思とは関係なく〝並べさせられている〟のか。何事も規則には沿って然るべきだと不安にかられ、追い詰められているとしたら精神疾患の疑いありよ。田島さんはどっちかしら？」

そう一気にまくしたてると、得意げな顔になった。

恵美が大学でなにを学んできたのかは知らないが、時々こうやって博識を見せつけたがる。自分の優位性をアピールしたいのか、それともごく自然に知識がこぼれてくるのかはわからないが、いずれにしろ空気が読めないことにはかわりがない。

その物言いが上下関係という法則に従っていないから、それに拘る田島にとってはストレスでしかないのだ。

それでも答えてやろうとした。几帳面に並べるのは意思だ、と。

「そういえば田島さんって独身ですよね。自分でアイロンかけているんですか？」

質問をしておきながら、いとも簡単に話題を変えるのも恵美の特徴だ。会話というのはキャッチボールに喩えられるように、お互いの認識を揃えながら移りゆくものであるべきなのに、恵美はその規則にも従っていないから田島としては消化不良になる。

ちなみにアイロンは好きだ。趣味といってもいい。

皺（しわ）だらけのシャツにアイロンを滑らせるとき、そこに早朝の湖を連想する。スチームは朝もやの如く、均一に伸びた生地は無風の湖面のようだ。清々(すがすが)しい空気と静寂があたりをつつみ——。

「田島さーん！」

「はっ？」

「田島さんって、時々、遠くに行きますよね？　それって現実逃避？」

もしそうだとしたら、我がパーソナルスペースを蹂躙(じゅうりん)せんとする傍若無人な部下からの逃避だろう。

「で、アイロンは自分でやるの？」

彼女のぶしつけな態度はある種の順列を乱すものだったが、田島はひとこと、

「そうですよ」と答えた。

他人のペースに巻き込まれ、秩序が乱れた関係に妥協してしまうことは、自分の人生に立ち入ることを認めたことになる。当然、そんなことは許されない。必要のない会話を最小限にすることで、それが維持できると思っている。

他人のプライベートに興味はないし、自分のことを知ってほしいとも思わない。

「先輩から聞きましたけど、捜査が長引いて家に帰れない日が続いても、田島さんだけは常にピシッと皺のないシャツを着ているって評判らしいですね」

評判になるというのは一般的には良い意味で使われそうだが、恵美は逆の意味で言っているようにも感じられた。

「アイロンとか持ち歩いているんですか？」

「そんなわけないでしょう」

田島は恵美と目を合わさずに、黒縁メガネのブリッジを上げる。

「普段から姿勢を正しくしていれば、服装が乱れることはありません。それに、服装の乱れは心の乱れ。我々は都民の目にどう映るかを常に気をつけてしかるべきです」

恵美は田島を凝視（ぎょうし）している。

「なにか？」

「それ、伊達（だて）ですか？」

ボールペンで田島のメガネを指している。

田島は聞こえるようなため息をついてみせた。

「アメリカの大学ではマナーを教わらなかったのですか？」

上下関係が厳しい警察組織にあって、生まれてから一度も歯に衣（きぬ）着せたことがないような恵美の物言いは、きっとアメリカ生活のせいなのだ、と思うようにしている。

「スタンフォード大学です」

もちろんスタンフォードが世界屈指の大学だというのは知っているが、よほど誇りに思っているのか、彼女にとってのアメリカはスタンフォードがすべてのようだ。

「むこうは年齢とか性別とかまったく関係ないですからね。実力がすべてですよ」

つまり、自分より実力があると言っているのだろうか、と今年で三十七になる田島は思った。

恵美は所轄での経験もそこそこに本庁捜査一課に配属された。だから、はじめはよほど理知的な人物なのかと思った。ひょっとしたら、数少ない自分の理解者になるのではないかと期待すらした。しかし……。

「田島さぁーん？」

いくら視線を外しても田島の視界に割り込んでくる。

隣の席よりも向かいに座らせておいたほうが距離を保（たも）てて落ち着けるのではないかと思っていたが、どうやら逆だったようだ。

「なんですか」

「で、結局のところ、それ伊達ですよね？」

実際、度が入っていないメガネをかけている。

田島の視力は両眼とも裸眼で一・五だが、いつからか伊達メガネをかけるようになっていた。

刑事が相手にするのは犯罪者である。目を見て話すことは相手の真意を悟る上でも重要なのだが、引き換えに自分の魂まで汚れてしまうような錯覚に囚われるようになった。メガネをかけると、その負の視線をフィルターにかけ、さらに自分の考えをさらさなくてすむ、そんな安心感があった。

「私のことは放っておいて、試験勉強でもしたらどうです」

恵美は巡査部長への昇進を目指していた。

「刑事になると試験勉強ができるまとまった時間なんてありませんよ。事件のない、こんなときにこそ――」

「なんか、簡単すぎて」

どんなに有能でも人の会話を遮るような人間は信用できない、と田島は思っている。とくに先輩の言葉を。

「ところで田島さんって、普段、休みの日は何をしてるんですか？　体格はいいけど肌白いからなぁ、外で運動してるようには見えないし。なんか趣味とかあるんですか？」

答えるつもりはまったくない。手首を返して愛用のGショックの文字盤を確認した。このまま、あと二時間ほど過ぎれば引き継ぎをして今日は非番になる。

帰ったら、まずシャワーを浴び、先日購入したバイタミックスのミキサーでスムージーを作ろう。そして……。

「田島さんって、時計とかにこだわりがないんですね」

違う！　Gショックにこそ、こだわりを持っているのだ。

田島は喉(のど)まで出かかったが、言葉として発せられなかった。

緊急通報が入ったからだ。


「緊急車両が通ります！　前の運転手さん、左に寄ってください！」

覆面パトカーの助手席に座った恵美がマイクに叫ぶ。ハンドルを握るのは田島だ。

朝六時を迎えようとしたころ、浅草で男性の遺体が発見されたとの緊急連絡が入った。雨上がりにジョギングに出たランナーからの通報だった。

一報によると、現場は国道六号、言問橋の下。被害者は仰向けの状態で発見され、胸部にはナイフが刺さっていたという。現在、所轄の浅草署が現場保全と周辺の聞き込みを行っている。

「八木班長は？」

「さっき、他のメンバーと一緒に出られたそうです」

田島が所属する八木班には四名のメンバーがいるが、本庁を出る直前、田島と恵美以外は笹倉管理官に呼び止められていた。

「仲間外れって感じでしたよねぇ」

皇居から大手門を右折し、永代通りを経由して江戸通りへ。

朝のラッシュにはまだ早く、工事で車線規制をしていた馬喰町を過ぎると都心の道は走りやすくなった。蹴散らす車両がいなくなったタイミングで恵美がマイクを離して言った。

「ところで、田島さんって嫌われてます？」

「なんですか、急に」

「なんか、他の人と壁があるような気がするんですよねぇ。さっきも管理官は、田島さんにはノータッチでしたし。んー、やっぱり嫌われているとしか」

「それはいま聞くことではないでしょう」

ただ、いつ聞かれてもそんなことには答えるつもりはなかった。

「それはそうと、ちょっといやな噂を聞きました」

短い髪先が耳のすぐ横で前方にカールし、それがイノシシの牙を連想させた。猪突猛進の性格を表しているようだな、と田島は密かに思った。

「なんですか、そのいやな噂って」

「やっぱり気になりますか」

田島はやや語気を強め、メガネのブリッジを上げる。

「話したくてしかたがないように感じられたので聞いただけです」

「しょうがないですね」恵美は腰を浮かせて田島のほうに体を向けた。「実は、組対が出張ってくるかもしれません」

組織犯罪対策部が扱う事件は組織、つまり暴力団や宗教団体などを捜査の対象としている。

「どういうことです？　被疑者と被害者のどちらかが暴力団関係者なんですか？」

恵美は人差し指を立てた。

「正解です、実は被害者がそうみたいなんです」

田島は、クイズに参加したつもりはない、と言いたかったが、黙々と運転することで目障り（めざわ）りな人差し指に気づかないふりをした。

「でもどうしてそんな情報を？」

「組対に友人がいるんで情報が入ってくるんですよ。情報網を作るにはコミュニケーション能力が必要なので、田島さんには……」

「まるで、私にコミュニケーション能力がないみたいな物言いですね」

「あれ、まるでコミュニケーション能力を持っているような物言いですね。ただの業務連絡はコミュニケーションとはいいませんよ？」

田島は胃がねじれるような感覚を得たが、これ以上関わらないことが一番の対応策だと信じて、事件に集中することにした。

「被害者がだれであれ、殺人は殺人です。我々捜査一課殺人班はそのためにあります」

「そうですけど、そうさせてもらえるんでしょうかね。だって――」

蔵前（くらまえ）一丁目交差点を赤信号で通過するために再びマイクを取った恵美は、交通量が増えたため、その続きを話す機会を失ってしまった。

ただ田島には、もしスムーズに事が運ばないとしたら心当たりがあった。組対から、ちょっとした遺恨を持たれるような出来事があったからだ。

言問橋周辺にはパトカーが集結していた。隅田川にかかる橋は数多くあるが、国道六号は茨城方面から都心に向かう主要な国道であるということもあり、言問橋周辺の混雑は時間とともに広がっていた。

田島はパトカーの隙間に車をねじ込ませると、雨でぬかるんだ隅田公園を横切り、堤防を越え、三メートルほど下にあるテラスに降りた。

「ご苦労様です。捜査一課です」

警備の警官に敬礼し、引き上げられた規制テープをくぐった。白手袋をはめながらブルーシートで囲まれた中に入る。

このとき、田島はいつも、外界から遮断された聖域に足を踏み入れるような気になるのだった。

その聖域は、橋の幅に合わせるようにブルーシートで目隠しされていたが、対岸からの撮影を警戒して三面を覆っていたため、冬特有の深い青空だったにもかかわらず薄暗かった。

まず、足元に違和感があった。台東区側の隅田川テラスの遊歩道のうち、この橋の下の部分だけがフロート状になっていたからだ。水位によって上下する構造になっているようだ。

　そして、その浮き橋の境目に跨がるように遺体が横たわっていた。黒いスーツを着ていたが肌は驚くほどに白く、不自然なほどのコントラストを見せていた。胸には凶器のナイフが刺さったままになっていて、血の滲みは雨のせいか、まるで染め物のように淡くシャツ全体に広がっていた。

「ご苦労様です。浅草署の椎名です」

　細面の所轄刑事が横に並ぶと、遺体を指差しながら説明してくれた。

「胸をひと突きですね。とくに着衣に乱れもなく、争った形跡もありません。昨夜は大雨が降っていましたが、不意を突かれたようにも見えますね」

「なるほどですね」

　無言で遺体のそばにしゃがみ込む田島の代わりに、恵美が答えた。

　椎名もまた田島の横で膝を折った。

「ここを見てください。急所を正確に、かなり深くまで刺して――」

　椎名を呼ぶ声が聞こえ、彼はそちらに向かって手をあげた。

「すいません、ちょっと失礼します。また捜査本部で」

椎名が去ると、田島は視点を変えながら突き刺さるナイフを凝視した。やがて唸りながら立ち上がり、口元を手で覆った。それでも唸り声が漏れたのか、死体に動じるそぶりを見せない恵美が聞いてきた。

「なにか気になることでも？」

田島は考え事を邪魔されるのが嫌いだということを態度で示していたつもりだったが、二十代後半のこの女刑事にはそれは伝わっていないようだった。

「なんだか、腑に落ちなくて」

「何がです？」

「ナイフですよ」

「ナイフ？　これって特殊なんですか？」

恵美は遺体のそばにしゃがみ込むと、ワニ皮で飾られた折りたたみナイフを指で示した。

「いえ、ナイフ自体はごく普通のものだと思います。今後、捜査本部で詳細が報告されると思いますが、この角度が……ほら、下から上に向かって、さらに向かって左側から刺さっています」

恵美は死体に覆いかぶさるようにしてひとしきり見下ろすと、また田島に向き合った。

「たしかにそうですね。それが？」

「これは、右利きには難しい角度です」

「はぁー、なるほど。じゃぁ、犯人は左利きってことか」

「いえ、そういうことではないんです」

「じゃあなんです？」

田島は適切な言葉を探したものの他に見つからなかったのでしかたなく口にした。

「何というか、おそらく——プロフェッショナルかと」

恵美は呆（あき）れたような笑みを見せる。

「プロフェッショナル？　なんすか、それ。殺し屋みたいな？」

「そんな映画のような話では——」

そこにドスのきいた声が橋下に反響した。

「はい、はいー、失礼するよー。組対だよー」

ブルーシートの合わせ目から体を入れてきた恰幅（かっぷく）のいい中年の男は、田島を認めると一瞬足を止め、無表情に言った。

「なんだよ、お前ぇか」

田島は几帳面に腰を折る。恵美もそれに従った。

「秋山警部補、お疲れ様です」

「別に疲れちゃいねぇよ」

暴力団を相手にするからなのか、組対部の刑事は暴力団員と見紛うほどの格好をしていることがあるが、秋山もその一員だった。

警視庁のジャンパーを着てはいるものの、その下はダブルの縦縞スーツで、袖からは金のブレスレットが覗いている。

秋山はしゃがみ込むと、遺体の顎に曲げた人差し指を押し付けて、顔を反らせた。

「やはり三沢英治か。最後はあっけねぇな」

「この男をご存じなのですか」

「御坂組の中堅どころだ」

「御坂組といえば、いま田所組と――」

「ああ、抗争の真っ只中だ。このコロシがきっかけで一悶着起きるかもな。まぁお前ぇには関係ない。おい、写真」

秋山は自分のスマートフォンを若い刑事に渡した。電子的なシャッター音が無遠慮に響く。どうやら遺体に慣れていないのか、視線は背け気味だ。

撮影された写真を確認し、秋山は二度三度頷（うなず）いた。

「おし、俺は御坂に行ってくる。お前はここにいろ。もうすぐ他の連中も来るだろう」

秋山に言われ、その場に残された若い刑事は不安そうな顔をした。死体と一緒にブルーシートで囲まれたこの空間に閉じ込められるのが嫌なのだろう。

「田島はいるか」

聞き覚えのある声をたどってブルーシートの外に出ると、到着した捜査一課の面々が入れ替わるように入っていった。その列の一番後ろに、殺人班主任の八木圭（けい）一（いち）警部補がいた。本来は痩（や）せた体軀（たいく）をしているが、ビニールジャンパーのサイズが合っていないのか、着膨（きぶく）れして見える。

田島と八木は同期で階級も同じだが、八木は社交的であり、妻とかわいい娘が一人いるのに対して、田島は無口で独り者（ひとりもの）。この真逆の生き方が変わる兆（きざ）しはまだない。

その八木が厳しい目で言う。

「本件は組対との合同捜査となった。浅草署に捜査本部が立つ」

「了解。じゃあ署に向かう」

「いや、お前たちは本庁に戻ってくれ」

田島は八木の表情から察した。

「……捜査本部には加えてもらえないってことか」

「原田(はらだ)参事官からふたりに話があるそうだ」

「ふたり？　え、あたしも？　せっかく捜査本部に参加できると思ったのに！」

恵美が異議を唱えながら詰め寄ろうとするのを、田島は交通整理のようにまっすぐに腕を上げて抑えた。

「了解した。本庁に戻る」


田島はきっちりと法定速度を守り桜田門(さくらだもん)に戻ってきた。その間、助手席の恵美は一切口をきかず、腕組みをして外を見ていた。

八木の対応に納得ができないのだろうと想像していたが、大手町を過ぎるころには、ひょっとしたらその怒りは自分に向いているのではないだろうか、と田島には思えてきた。

車を降りても、エレベーターの中でも一言も発しなかった恵美だったが、自席についた途端、鋭く睨(にら)みながら言った。

「田島さん、なんでなんですか」

やはり、怒りの矛先は田島に向いていたようだ。

「なんで、というと」

「なんで、我々は外されるんですか、って聞いているんです」

「質問する相手を間違えています。それは八木主任に聞くべきでは」

「あの場で反論しなかったのは、なにか心当たりがあったからじゃないですか」

「尋問ですか？」

「担当班なのに捜査本部に加われないっていうのは、よほどじゃないですか！」

「よほど、なんです？」

台風が通り過ぎるのを、息を潜めて待つかのように窓の外に救いを求めたが、恵美は立ち上がって視界に割り込んでくる。

「よほど使えないか、よほど信頼されていないか、よほど嫌われているか」

「はじめのふたつは違うぞ」

背後から聞こえたその声の主は、振り返らなくてもわかった。刑事部ではナンバー2にあたるポジションの原田参事官だ。

「捜査一課に使えないやつはいないし、少なくとも俺はこいつに全幅の信頼を置いている」

「じゃぁ嫌ってるってことですか」

「俺じゃないよ」

原田はおどけるピエロのように両手を広げて見せた。五十代を目前にして、腹に年齢相応の貫禄が出てきたようだ。

「ま、組対には嫌われているみたいだがな」

恵美の目は、興味津々というふうに変わっていた。

「いったい何があったんですか」

「こいつは見てのとおり真面目なやつだ。ただ、人間味がないというか話しててもつまらん。ジョークひとつ聞いたことがないし、白い歯を出して笑うことも見た例がない」

「それ、激しく同感です」

本人を差し置いて会話が進行することに、田島は咳払いで異議を唱えた。

「参事官、それで我々はこれからどうすればいいんですか。このまま非番に入るのは構いませんが」

だが本心は、八木班の他の連中は捜査本部に詰めているのに、自分たちだけが非番になるのも落ち着かない。

その顔を見抜いたように原田が資料を差し出してきた。

「徹夜明けの君たちには申し訳ないが、ちょっと調べてほしいことがあるんだ」

「そのために呼び戻したんですか？　それとも本部から追い出された我々に情けで仕事をあてがってやろうと？」

「お前は、俺には皮肉を言うんだな」

原田は呆れたように笑い、そして言った。

「両方だよ」

すると恵美は「追い出されたのはあたしじゃない」とつぶやいた。

「いいから、まずこれを読んでみろ」

資料を受け取った田島は一ページ目で眉根（まゆね）を寄せた。恵美も横から覗き込む。

「これは交通事故、ですね？」

「ああ、三日前に世田谷（せたがや）警察署管内で発生した死亡交通事故だ」

二月十日、午後四時、国道二百四十六号、三軒茶屋交差点において横断歩道を赤信号で渡ろうとした男性が車に撥ねられた。

資料には、加害者の車に搭載されていたドライブレコーダーの映像をプリントアウトしたものが添付されており、さらにページをめくると、目撃者の証言もまとめてあった。すべての情報に矛盾は認められない。

「参事官、これがどうかしたのですか？」

「どう思う？」

田島は何かおかしな点を見逃したのかと、もう一度目を落とした。

「これを読む限り不審な点はないようですが」

「ああ、たしかにそうなんだが、実は事故処理にあたった警官から相談が来てな」

「事故じゃないと？」

「いや、詳しいことはわからないが、現場に気になる人間がいたらしいんだ」

田島は資料から原田の顔に視線を移した。

「気になるって、どういうことです？」

「だから俺にはよくわからん。しかし、ただの事故ではないことをうかがわせる人物らしい」

田島の眉が、訝しみを示すように、すうっと寄る。

「どうして現場警官のよくわからない相談が参事官のところに回ってくるんですか？」

「話せば長い」

原田はそう言って質問に答えなかったが、それは長いからというよりは、説明をしたくないから、というふうに思えた。

田島は改めて資料をめくった。さすった顎の一日分の無精髭が手のひらに引っかかった。

「しかし、もし事件性の疑いがあるというなら、まずは所轄刑事課が動けばいいのでは？」

「ああ。動きはしたが、捜査の必要ありとは判断しなかったようだ」

恵美が横から口を挟んだ。

「それが捜査一課に上がってくるっておかしくないですか」

原田は眉をひそめたが、それはもっともだと、渋面をつくった。

「身内を頼れないとな、縁をたどってくることもあるんだよ、お嬢ちゃん」

それだけ言うと田島に向き直った。

「事件性がないとお前が判断するならそれでいい。さっさと引き上げて非番に入ってくれ。住まいは二子玉川だったよな。それなら三軒茶屋は帰り道だろ。ちょっと寄って話だけでも聞いてやってくれ」

「あたしは逆方向ですが」

原田は田島の肩に腕を回して、不服顔の恵美から距離を取ると、耳元でぼそりと言った。

「あとな、これはお前たちの継続案件ということにしてくれ」

田島は眉間に皺を刻む。

「被害者を、ってことですか」

「そうだ。お前ならその辺を察してくれるだろ？」

田島が頷くのを見届けると、原田は背中を二度ほど叩いて去った。

すると、すぐに恵美が寄ってきた。

「なんのことですか、継続案件って」

恵美は地獄耳らしい。

「どうやら交通課の現場警官の中に、これをただの事故で終わらせたくない人がいるようです。しかし所轄の刑事課が事件性はないと判断しているのに、本庁捜査一課の刑事が乗り込んで掘り返しはじめたらどうなります」

　恵美は大きな瞳（ひとみ）を斜め上に持っていくと、唇（くちびる）を尖（とが）らせた。

「あー、ヤな感じですね」

「ええ、署長の顔に泥を塗るようなものです。情報を流したのはだれだ、と詮索（せんさく）がはじまるかもしれない。原田さんの〝継続〟にしてくれ、というのはそういうことです」

「つまり事故の前から捜査一課は被害者を追っていたということにして、体裁を繕（つくろ）うってことですか。でも、縁をたどるっていうのは？」

「たぶん、これを報告してきた現場の警官っていうのが原田さんと近い関係の人なんでしょう。知ってのとおり、所轄の刑事課は雑多な仕事が日々舞い込んで忙しい。そこに明らかな事故案件を現場警官の違和感だけで捜査しなおすなんてことは、暇だったり、署内で信頼関係ができたりしていればともかく、シンプルな結論をわざわざひっくり返すようなことなどしないでしょう」

　恵美は細く整えた眉を段違いに歪（ゆが）ませた。

「つまりこういうことですか。我々は、所轄でさえ行わないような案件を回された。言ってしまえば雑用係。それは田島さんが組対から嫌われていたのが原因で、あたしは巻き添えを食った」

田島は答える意思がないことを示すように無言でジャケットを羽織った。それからネクタイを締め直し、メガネのブリッジを人差し指で持ち上げ、腕時計で時間を確認した。

「電車で行きます」

それだけ言って、背を向けた。

ついてきたくなければそれでもいい。もともと他人とペースを合わせるのは好きじゃない。ひとりのほうが気楽だ。

そう思っていたが、エレベーターを待っている間に恵美は横に並び、ドアが開くと先に乗りこんだ。

「田島さんと組んだときから、あたしの運は尽きてます」

溜め込んだストレスを蒸気抜きするように、田島は静かに、長く、深いため息をついた。

通勤ラッシュとは逆方向の電車に乗って三軒茶屋に向かったが、座れるほど空いているわけでもなかった。

つり革に摑(つか)まりながら反対側のホームに目をやると、都心へ向かう通勤客が一様に暗い顔をして並んでいるのが見えた。これから彼らを乗せるためにやってくる電車は、すでに足の踏み場がないほど混み合っていることがわかっているからなおさらなのだろう。

窓ガラスに映る恵美の顔も同じように見えた。捜査本部に加わるのなら、徹夜明けでもある種の高揚(こうよう)感があるのだろうが、いまはただ気怠(けだる)い色が顔面を覆っていた。

恵美は所轄で捜査本部に入ったことはあるだろうが、本庁刑事としてはまだない。だからこそ、つい一時間前まで張りつめさせていたモチベーションが反動をつけてマイナス側に大きく傾いてしまっているのは理解できる。

とは言っても、田島は気遣(きづか)うような言葉は持ち合わせていなかった。

これまで捜査に必要ないものは排除し、刑事としての能力を研ぎ澄ませようとした結果、馴(な)れ合(あ)いの言葉は真っ先に断捨離対象になった。

付き合いづらいと感じられても構わない。刑事として一流でありたい。

田島はそう思っていた。

世田谷署で出迎えた警官は青木と名乗った。階級は田島と同じ警部補だったが、すでに定年間際の年代であり、現場叩き上げの大ベテランといった感じだった。柔和な笑みと鋭い目を併せ持っているのが印象に残った。

「こちらです」

青木は署内には入らずそのまま外を歩いた。その平べったい背中を見ながら、原田とはどんな関係なのだろうかと想像した。本庁刑事部の参事官と所轄交通課の警部補とは職位的にずいぶんと開きがある。

すると青木が振り返って言った。

「原田とは二十年来の付き合いなんです。あいつが警察学校を卒業して私のところに配属されてから、なにかと腐れ縁が続いてましてね。偉くなったらなったでストレスもあるんでしょうかね。愚痴をこぼしたくなったら、いまだにオヤジ、オヤジっと絡んでくるんですよ」

ここで悪戯な笑みを向けてきた。

「あなたたちは、その原田に貧乏くじをひかされたんでしょうかね」

いえいえ、と言う前に恵美が反応する。

「そうなんですよ。わかります?」

青木は笑いながら頷いた。

「すいませんね、年寄りのちょっとした違和感に付き合わせてしまって。署では上の連中が動きたがらなくて」

所轄は、事故として処理された案件をそれ以上捜査する必要性はないと判断したが、青木はどうしても気になることがあって原田に相談したようだ。

参事官を呼び捨てにするくらいだから、ふたりの間には階級を越えた信頼関係があるのだろう。

青木はどこに向かうのかと思っていると、世田谷署の裏手にある古ぼけた建物に着いた。無骨な門には、運転免許更新所という看板が掲げられていた。

免許更新を知らせるハガキを持ったひとたちの列を抜け、使っていないという講習室に入ると若い警官が頭を下げた。

「コンピューターの操作とかは若いやつらに任せてますんで。では、さっそく。まずはこちらを見てください」

講習室の正面に置かれたモニターに動画が再生された。報告書に添付されていたドライブレコーダーのものだとすぐにわかった。

車は渋谷(しぶや)方向から進行している。いま、三宿(みしゅく)交差点を通過した。道は比較的空いていてスムーズに走っている。右車線に移るバスがいたためにいったんスピードを落とし、再び開けた視界の先に三軒茶屋交差点が見えていた。

その信号が黄色に変わる。赤になる前に通過するためか、車の速度は明らかにあがった。

この交差点は変則的な構造になっている。国道２４６号は、交差点内で大きく左へカーブしていて見通しがかなり悪い。加えて首都高速道路の高架に覆われているため薄暗く、また三車線のうち歩道側の一車線は路上駐車の車が並んでいるため閉(へい)塞(そく)感があった。車は中央車線を走行しながら信号を通過。交差点を曲がり切ったときだった。突然、左手から飛び出してきた男性が映り、次の瞬間、フロントガラスに蜘蛛(くも)の巣(す)状のヒビをつくった。あっという間の出来事だった。わかっていても体が硬直する。恵美もその瞬間は腰を浮かせていた。

「被害者は坂本正道(さかもとまさみち)さん、三十五歳。陸上自衛官だそうです」

田島は事故の瞬間をコマ送りで再生するように頼んだ。

被害者は車が目前に迫るまで車を見ていない。衝突の直前、数コマで、顔を向けようとしているのがかろうじてわかるくらいだ。

「これを見ると、車が来るのを予期していなかったように見えますね。つまり、少なくとも自殺ではない」
田島が感想を言うと、青木も頷いた。
「私もそう思います。自殺なら車が来るタイミングを計らないといけませんから
ね。次にこちらも見てください」
別の映像に切り替わった。防犯カメラのもので、事故現場となった交差点を俯瞰
している。渋谷方向を捉えており、車は画面奥から手前に進行することになる。
右側、商店街の入り口にある歩行者用信号は赤、車道側は青。多くの人が、信号
が変わるのを待っている。
車道側の信号が黄色になる直前だった。信号待ちの人を押しのけるようにして男
性が飛び出してきた。この時点では、まだ車は見えていない。何事も起こらず、横
断歩道を渡り切れるのではないかと錯覚するほどだったが、ここにいるものは皆、
結末を知っている。
男性が車道の真ん中あたりまで来たとき、車が現れ、そして撥ねられた。
重苦しい空気が周囲を満たしていた。
「完全に死角になっていますね」
「ええ。被害者は渡り始めに一度右方向を見ていますが、そのときは、車が見えて

いなかったので渡れると判断したのかもしれません」

田島は資料をめくって加害者の情報を確認した。

年齢三十歳、日本橋の商社に勤務。社用車で、川崎市高津区溝口の得意先へ向かう途中だった。飲酒の反応もなかった。

「被害者と加害者の間に関係は？」

「仕事や居住地、趣味、過去の経歴を調べてみましたが、まったく接点はありませんでした」

田島は頷く。

「しかし、仮に狙ったとしても、この交差点の構造ではうまくいかないでしょうね。被害者が横断歩道を渡ることが予めわかっていないといけないし、その瞬間が見えないのでは狙いようがない」

「同感です。刑事課の連中も同様に言ってきました。事件性はなく再捜査の必要はない、と」

「しかし、あなたはただの事故ではないと思われているんですね」

青木は頷くと、さきほどの映像を続けて再生させた。音声はなかったが、事故現場の悲鳴が聞こえてきそうだった。

撥ね飛ばされた体は路上駐車していたトラックに衝突し、回転しながら宙を舞うと、身体中の関節がなくなってしまったかのような不自然な格好で車道上を滑り、二十メートルほど離れた場所に横たわった。

多くの野次馬が駆け寄り、そして目をそらした。何人かは救急処置をしようとそばに寄ってきたものの、なすすべなく立ち尽くしている。加害者は車から出てくると、呆然とした様子で路上に膝をついていた。

凄惨ではあるが、交通死亡事故現場、という意味では、とくに変わったことは見受けられなかった。

「ここです。この人物です」

青木がゴツゴツとした指をテレビモニターに置いた。事故の直後、商店街から出てきた男が示されていた。

人垣の後ろにいるのでよくは見えないが、白いトレーナーのような服装をしていた。横たわる被害者に向かって流れる人の波に合わせるように移動している。時にジャンプしながら様子を窺い、掻き分けるように進んでいるのが確認できた。

そして被害者が見えるところまで来ると、頭を両手で抱え、両肘がくっつくほどに脇を締めながらせわしなく左右を歩きまわった。振り返り、背後の壁をしばらく殴っていたが、やがてそのまま壁に突っ伏した。

一分ほど経ち、再度現場を見やって両手を合わせると、人の流れを遡(さかのぼ)るように掻き分けながら商店街のほうへ戻っていった。

多くの人は死亡事故を目の当たりにした経験を持っていない。それが、とくに即死状態ともいえる凄惨な現場に居合わせたときの反応はある程度のパターンに限られてくる。

呆然、目を背ける、吐く、など。

そういう意味でいうと、たしかにこの人物の行動には違和感があった。

「周辺の防犯カメラの映像を取り寄せてみたところ、被害者は事故直前に商店街を走っているところが写っていました。そして、そのすぐ後ろをこの男が後を追うように走っているところも確認できました」

被害者は追われていた？

「顔は写っていましたか」

「いえ、後ろ姿だったので人相はわかりませんでしたが、身長百八十センチ前後で体型は標準的。白いフード付きのトレーナーにジーンズ姿でした」

「この男は現場から立ち去ったあと、どこへ？」

「事故後に商店街を抜けているのですが、こちらも顔が写っていません。いまモニターに出します」

喫茶店だろうか、表のこぢんまりとしたテラスが映っている。その奥に白いトレーナーにジーンズの人物が捉えられていた。しかし張り出した軒先で胸から上は隠れてしまい、カクカクとした映像は、視界の外に出るまで三コマ分しかなかった。

「この映像を最後に、足取りがつかめていません」

田島は親指で鼻の頭を二度、三度と弾いた。頭の中で情報を整理する。

「つまり、被害者はこの男に追われていて、逃げる途中に撥ねられた、とお考えになっているわけですか」

「ありえるでしょうか」

青木は心細そうな声で言った。

「うちの刑事課からは事件性が確認できないと言われました。周辺の聞き込みや監視カメラの確認などを考えるとかなりの時間を割かねばならないでしょうし、引退間際の年寄りの違和感などあてにならない、と」

青木は深いため息をつきながら腰を下ろした。刑事課の言い分もわかるのだろう。それだけに強くも言えない。しかしこのまま引退して、あとあとまで後悔することにはしたくない。そう思っているようだった。

その葛藤の末のような横顔に田島は言った。

「まだなんとも言えません。ありえるかどうかは、我々のほうでも調べさせてもらってから判断させてください」

田島の横では、恵美が落胆を隠さないように、大げさにため息をついた。

「判断って、どれくらいの時間でするんですか。刑事課もかなりの時間を割かなければならないって言ってたんですよ。捜査の必要がないなら、試験勉強に充てたいのに」

田島は後ろ頭を掻いた。

「青木さん、ちなみに監視カメラの映像はどのくらいありますか」

「商店街を中心にさまざまな箇所の映像を、事故前後の約一時間分くらいを集めてあります。関係ないところが多いと思いますが」

「けっこうです。それぞれの確認は十分もあればできます」

「なんで？」

恵美にとっては意外だったのか、敬語を使うことも忘れているようだった。

「商店街を端から端まで通過するのに十分もかかりません。つまり、事故発生前後、十分くらいだけを見ればいい。周辺に住んでいるとか、どこかの店に入ったとかされたら本腰を入れる必要がありますけど、それはまた後で考えればいい。映像は全部で何ヵ所ですか」

「十四ヵ所です」

「ともかく、とりかかりましょう。モニターに四分割で出せますか」

三軒茶屋の日常がミクロの視点で映し出された。

田島は運ばれてきたコーヒーを飲むときも画面から目を離さない。十分ほどたったら別のカメラに切り替え、また事故発生の時間から再生させる。

行き交う人々。事故現場から離れたエリアは、普段とまったく変わらない時間が流れていた。

「あっ！」

徹夜明けで画面を凝視していたせいか、重い疲労を感じはじめていたとき、恵美が突然声をあげた。

「ちょっ、戻して、この画面を大きくして」

それは牛丼屋の店内を写したものだった。角地にあるようで、二面がガラスになっている。ちょうど客が入店したところで、カウンター越しに、おそらくメニューしていた。

を見上げている。その隣では中年のサラリーマンがまさに牛丼を口に放り込もうと

「これが、どうかしましたか」

「ちょっと戻して……ストップ！」

画面にはやはりサラリーマンが牛丼を頬張るところが映っている。

「ぎゅう、どん？」

「違いますよ。ここ、靴が映っています」

恵美が言っているのは店内の様子ではなく、ガラス戸を通して見える外を歩く人物の靴だった。新メニューがガラス一面に貼ってあるために足元しか見えていない。

「これをさっきの映像と比べて見てください」

顔が写っていなかった喫茶店の映像が隣に表示された。

「ほら、靴が一緒です。ニューバランス。横にNのマークがあるでしょ」

たしかに同じように見える。しかし……。

「ニューバランスって履く人は多いですよね。現に、別の映像でも履いている人が写っていましたよ。これだけで同一人物とは――」

「1700なんです」

「はい？」

「1700シリーズ。ニューバランスのラインナップでNのマークが小さいのは三つあります。その中でかかとにNのマークがないのは1700シリーズだけなんです」

言われてみると、たしかにデザインが他のものと異なっているようだ。

「なるほど……詳しいんですね」

「元彼の誕生日プレゼントに買おうと思って調べたことがあったんですよ……なんですか、その顔。あたしに男がいたら意外ですか」

「いえ、そんなことは一言も」

「男のためにいろいろ細かく知ろうとする健気な姿はあたしのイメージではありませんか」

田島はこれには答えなかった。ただ心の中で、このテの女にこのテの質問は面倒臭い、と心に刻んだ。

「この牛丼屋はどこですか」

青木が机に地域地図を広げた。

「ここです。そして、映像によると左手に曲がってますので、この路地に入ったということになりますね」

「ここにはなにが？」

「喫茶店や雑貨屋などが数軒ありますが、あとは雑居ビルやマンションですね。そのまま進めばニーヨンロクに出られます」

田島は地図を指でなぞりながら聞いた。

「三軒茶屋駅はどうでしょう」

「調べましたが、それらしい格好の人物は写っていませんでした」

田島は地図から目を離すと、腕を組み、モニター画面を眺めた。

「トレーナー姿ではない可能性がありますから、服装だけでは判断せず、再確認したほうがいいかもしれません」

「といいますと」

「事故当時の気温はわかりませんが、現場の映像を見ると、周りにいる人は皆コートやダウンジャケットを羽織っていました。その中で、トレーナーだけというのは薄着のように思えませんか」

「たしかに。では近くに住んでいるとか、どこかに上着を置いていたと？」

「可能性はあると思います。ですので現場を離れたとしても、そのときは服装が変わっているかもしれません。我々で駅のカメラ映像を調べさせていただいてもいいですか？」

「もちろんです、駅の警備員室を訪ねてください。担当者には私から連絡しておきます」


田島と恵美は連れ立って駅へ向かった。その途中、現場となった交差点で立ち止まった。

つい先ほど映像で見ていた風景が目の前にある。あの日のここは凄惨な現場だったが、いまは何事もなかったかのように車が往来し、人々が笑顔で行き交っていた。

田島は、意識を事故現場に入り込ませた。その場にいなくても、現場の空気を吸いながら得られた情報を頭の中で再構築していく。

路上には被害者が横たわっていた。耳を澄ませば多くの人の悲鳴が聞こえる。

そして右を見ると、人混みに紛(まぎ)れて白トレーナーの男がいる。顔はぼやけているが、商店街へと入っていくそのイメージを田島は追跡した。

姿が確認された喫茶店、そして牛丼屋の角を左に曲がる。青木の言ったとおり、雑貨屋や小さな喫茶店などが数軒あるのみで、すこし進めば雑居ビルやマンションに挟まれた薄暗い路地に変わった。そのまま歩き続け、角をふたつ、みっつと曲がると再び国道に出た。大きく湾曲する国道の内側を直線的に移動してきたような印象だ。

駅の入り口を通り越していた格好になっていたので、すこし戻って階段を降りていく。

「なんで電車で逃げたと思うんです」

恵美が三段後ろをついてきながら聞いた。

「電車で逃げたとは言っていません」

「じゃぁ、どうしてここに?」

「スプリットハーフですよ」

「なんですか、それ」

「答えを絞り込んでいく手法のことです。肯定でも否定でもいい。わかりきっていることを探して、可能性を絞り込んでいくんです」

田島は空中に描いた円を半分に切って見せた。

「はぁ、でもそれって、当たり前のことじゃないですか」

「ええ。基本的なことですが、場当たり的にやるのとシステマチックに行うのではだいぶ変わってきます。たとえば、三十二通りの可能性の中にひとつしか答えがないとします。どうやってたどり着きますか？」

「わかってることを片っ端から検証します」

「つまり、三十二回の検証を行う？」

「いけませんか？　それが一番確実ですし、警察捜査に間違いがあってはいけませんよね」

田島は大きく頷いた。

「ひとつひとつの検証を行うことはもちろん大切ですが、捜査の初期段階では方向性を早く絞り込めるに越したことはありません。犯人の逃亡や証拠隠滅、第二の犯行を阻止することにもなりますから」

階段を下りきると、田島は恵美を振り返った。

「とくに得体の知れない状況に陥ったときは、冷静にスプリットハーフ。可能性を適切に切り分けられたら、可能性を半分にできます」

「なるほど。つまり、三十二通りってことは……」

暗算を始めた恵美に田島は右の手のひらを広げて見せた。

「五回です。五回の検証を行えば、三十二ある可能性を一つに絞り込めます」

恵美は、へぇ、と口を尖らせる。

「まぁ、そのためには何でもって絞り込めばいいのか、という確かな目を持つことが重要になりますけど」

「なるほど。細かいところで切るんじゃなく、真っ二つにしていくのがポイントなんですね。でもそう簡単にいきます？」

「焦らず騒がず。手持ちの情報で確かなものはなにかを冷静に吟味する。いまはそのための情報集めの段階です。何が確かで、何が確かでないのか。そして、確実に可能性を絞り込んでいけば、やがて最後に答えが見えてくる」

左右を見渡し、駅事務所に足を向けた。

「駅の映像を見ようと思ったのは、電車は事故による交通障害の影響を受けていないこと、それから駅にはたくさんカメラがありますから、地下通路を使って反対側に行ったとしても姿が写っているんじゃないかと期待したからです」

「田島さんって」

「ん？」

「意外と喋るんですね。自分のことは話さないし、あたしのことも聞かない。でも捜査のことでノッてると口がスムーズになるんですね」

そう言われると、饒舌だったことをなぜか後悔してしまう。

恵美がステップを踏んで先回りした。

「だから同じ警部補でも班を持たせてくれないんじゃないですか。八木さんのほうがコミュニケーション能力が高いですから。もうすこしうまく立ち回れば田島さんも出世できるのに」

田島はそれには答えなかった。

「ほら、都合が悪くなると、そうやって黙る。あたしのお父さんみたい。お母さんと喧嘩して自分の立場が悪くなるとそうやって黙るんです」

田島は足を止めた。

「捜査に集中しましょう」

それだけ言って歩を進める田島の背中に、恵美は無言で舌を出した。

駅員に声をかけると、青木から話を聞いていたという係員が警備員室に通してくれた。

「改札は二ヵ所ありますが、どちらのでしょう」

「南口から階段を降りてきたとすると、どっちが近いですか」

「西改札ですね。ただすこし奥まっているので、人の流れは中央改札が多いと思います」

「ではそちらの映像から見せてもらってもいいでしょうか」

牛丼屋の前で足が写っていたのは事故の直後、午後四時すぎだったので、その時間を起点としてもらった。駅の防犯カメラ映像はこれまでのものよりも高解像度で全体がはっきりと写っていた。

牛丼屋から駅までは三分もかからない距離だが、すぐに駅に来たかどうかはわからないし、電車を利用しなかったかもしれない。そうなると、どこまで引っ張って調べるのか判断が難しい。ひっきりなしに押し寄せる人の波を見ていると、再生を停止した直後に現れたのではないかと思えてしまうのだ。

服装はあてにならないため、髪型や背格好が似ている人物がいるたびに足元を確認する。服を着替えても靴まで履き替える可能性は少ないからだ。人が重なって確認できないときは他のカメラで追いかける。

それを繰り返していたため、作業をはじめて一時間になろうとしていたが、事故からの経過時間はまだ三十分程度だった。駅員もしびれをきらせてきた。データの提供を求めて、じっくりと検証したほうがいいかもしれない。そう思ったときだった。

構内を足早に歩く男の姿があった。黒いダウンジャケットを着ているが、襟からは白いフードが出ている。その姿が現場から立ち去る映像と重なる。

女性に続いて改札を抜ける、そこで一時停止してもらった。

「１７００です」

恵美が足元を指差した。

斜め上から見下ろしているため顔の表情まではわからないが、年齢は三十歳前後、頬はこけているが、首筋にたくましい筋肉が見えた。

田島は駅員に聞く。

「この人物、切符ではなくＩＣカードを使用しているようですが、ここから氏名などわかりませんか」

「そうですねえ、時間と通った改札機の記録からカードのＩＤはわかりますが」係員は画面下の時刻を指でつついた。秒単位で表示されている。「これが定期券とか記名式のパスモカードだったら調べられるのですが、無記名式の場合はわからないんですよ」

ＩＣカードのパスモカードには三つのタイプがあり、定期の他に、チャージして使用するタイプには無記名式と記名式があるようだった。

調べてもらっている間に恵美が聞く。

「データから氏名がわかったとしても、カード名義人と使用者が一致しているとは限りませんよ。拾ったかもしれないし。そもそも、この人物が現場から立ち去った本人なのかどうかもわかりません」

「１７００シリーズを履く人はそうそういないと言ったのは毛利さんでしょ」

「そうですけど、別に限定品ってわけでもないですし」

「わかっています。偶然かもしれない。でも、その『偶然かも』がいくつも積み重なったら、偶然の可能性はぐっと減ります。いまはまだその見極め中です」

係員が戻ってきた。印刷した紙を手渡してくる。

「定期ではありませんでしたが、記名式カードでした。初期登録時の氏名、生年月日、携帯電話番号がこちらです。住所はわかりません」

人物の名前はイシクラカズヤ。生年月日から年齢は三十二歳ということがわかった。

「十分です、ありがとうございます。ちなみにこのあと、どの駅で降りたのかわかりますか」

「そう言われると思いました。こちらが経路のデータです」

途中で乗り換えを二回挟んだようだ。

「毛利さん、偶然の可能性が、またひとつ減りました」

「なぜです」

「降りたのは和光市駅です」

「それが？」

「被害者は自衛官でしたよね。和光市駅の近くには、陸上自衛隊の朝霞駐屯地があるんです」


「もちろん、たまたま和光市駅で降りただけで、自衛隊はまったく関係ない可能性もあります」

三軒茶屋から警視庁にとってかえした田島は、原田に進捗の報告をしていた。横には八木もいる。

警視庁内の喫茶店にでも行こうかという話になっていたが、昼食の時間帯で混み合っているだろうと、喫煙者の原田に合わせ、喫煙室の片隅に缶コーヒーを持ち寄っていた。恵美は自席に腰を下ろしたときに油断したのか、机に突っ伏したまま反応がなかったので、そのままにしておいた。

「それで、調べてみたらこの石倉という人物も自衛官だったということだな」

原田が言った。

「はい、登録されていた携帯電話番号から契約者を確認したところ、住所は朝霞駐屯地に隣接する官舎となっていました」

「なるほど。それで、お前はどう思っている？」

「自衛官の集まりがあったのなら話は別ですが、朝霞の人間が同じ時間に三軒茶屋で偶然居合わせるというのはしっくりきません。二人の間にはなんらかの関係があり、直前まで一緒にいたと考えてもいいのではないでしょうか。もしそうなら、知り合いが事故にあっているのに現場から立ち去るのは不自然です」

「たしかにそうだな」

原田が同意したところで、八木が「すいません」と口を挟んだ。

「そうだとしても、話を聞く限りでは直接手を下したわけではありません。立ち去ったのも気が動転していただけかもしれない。つまり、これが殺人事件ではないのなら我々が追及する必要はないのではありませんか？」

原田は八木に頷いてみせてから、田島に聞いた。

「どうだ、結局のところ犯罪の臭(にお)いがするか？」

「たしかに直接手を下してはいませんし、被害者からは薬物や飲酒の反応もありませんでした。ですが、追い詰められた可能性はまだ残っています」

八木が声に苛立(いらだ)ちを乗せる。

「しかし、事故を見た後の様子からは故意に車道に飛び出させたようにも思えない。少なくとも我々殺人班の出る幕ではないだろう」

「それはそうだが、いまの俺には他に出る幕がない。浅草の本部からも外されていて、宙ぶらりんの状態だ」

「嫌味を言うなよ」

語気をわずかに強めた田島に、八木は頭を掻いた。それから思い出したように人差し指を向けてきた。

「だいたいな、そうやってお前があちこちに顔を突っ込むからこんなことになるんだろう。後先考えずにやるから組対に目をつけられることになったし、それがいまに響いているんだろうが」

八木が言っているのは、かつて田島が反社会勢力との関係をもつ組対部員を告発したことに端を発している。

そもそも、あの一件を捜査するように指示したのも……。

「まぁまぁ」原田が苦笑いをしながら間に入る。「それで八木、浅草はどうだ」

「いまのところ組対から人間が出張ってるのと、一課の別の班も参加しているので手は足りていると思います」

「そうか、では田島をしばらく貸してくれ。殺人ではないかもしれないが、その背景を知ることは遺族のためにもなるだろう。福川一課長と笹倉管理官には俺から話しておく」

八木は渋々了承の意を示すと、田島に一瞥を残してその場を辞した。

田島が原田に一目置かれているようなところが気に入らないのだろうが、かといって、捜査本部に呼んで組対と揉めたくもないのだろう。

「原田参事官、どうして私に？」

原田は頭を反らしながら、首の後ろを揉んだ。

「まぁ、なんだろうな。お前は何か水面下に隠れたものをひっぱりだす力を持ってないと思うからな。だろ？」

「なにかあったら直接連絡をくれ」

「了解しました。あの、ちなみに毛利ですが」

「なんだ」

「彼女は捜査本部に加えてやっても？」

「なぜだ」

「彼女は嫌われているわけではありませんし、そのほうが本人の経験になるかと思いまして」


るように思えてな。それだけに嫌われるところもあるんだろうが」

田島のネクタイをまっすぐに伸ばしながら続ける。

「ただ、ひっぱりださなくて良かった真相なんて、この世にはないと思うからな。だろ？」

田島の顔を覗き込み、それから笑みを浮かべると、肩を叩いて背を向けた。

「なにかあったら直接連絡をくれ」

「了解しました。あの、ちなみに毛利ですが」

出口に向かって足を踏み出していた原田が足を止めた。

「なんだ」

「彼女は捜査本部に加えてやっても？」

「なぜだ」

「彼女は嫌われているわけではありませんし、そのほうが本人の経験になるかと思いまして」

原田は見透かしたように口角を上げた。

2

風もなくよく晴れた朝だった。その分、放射冷却の影響で底冷えのする空気の中、田島は朝霞に向けて車を走らせていた。ヒーターの埃っぽい温風が嫌いで、風量は弱めだ。

助手席の恵美がずっと腕組みをしていたのはそのせいで寒いからなのかと思っていたが、どうやら違うようだった。

恵美が田島を覗き込んで言う。

「あたしが邪魔なんですか」

本庁を出て三十分、なんの前触れもなかったので田島は驚いた。

「な、なぜそんなことを。私がコミュニケーション下手というのは認めますが、それとこれとは……」

「ほら、柄にもなく饒舌になった。図星ですね」

「いや女性の扱いに慣れていないだけで」

田島は恵美が捜査一課に入ってきたときのことを思い出した。

指導係を打診されたとき、正直なところ断りたかったが警部補ならば人材を育成することも責務のうちだといわれ逃げられなかった。

帰国子女の恵美は良くも悪くもストレートだ。感情を表に出さない田島とはなにかとリズムが合わない。

そんなとき、自分にできることは黙ることだ。自身の内側に意識を向ける。そして時が過ぎるのを待っていれば、必要に迫られて話すまで有意義な時間が過ごせる。

これまではそうやってきた。付き合いづらいやつだと思われようと、仕事では成果も出せたし昇進もした。自分にとって、とくに不都合は感じなかったのだ。

しかし、なぜだろう。この、いままでの人生で関わったことのないような女を前にすると、黙ったら黙ったで、自分の世界に戻れない。かなり、やりづらい。

結局、悶々とした空気を抱えたまま、無言で車を走らせた。

陸上自衛隊朝霞駐屯地は東部方面本部を置く司令基地であり、規模はかなり大きく、その敷地は練馬区、朝霞市、和光市、新座市にまたがっている。広報施設である『りっくんランド』をはじめ、音楽隊、体育学校なども含まれている。

正門の警衛所で警察手帳を提示すると、奥の受付に行くよう指示され、受付で面会に来た旨を伝える。事前に連絡してはいたが、間違いがないか念入りに調べられた。刑事というのがかなり警戒心を生んでいるようだ。

まるで、異物を体内に入れまいとするような雰囲気を感じた。田島は自衛隊という巨大な生物に入り込もうとするウイルスなのだ、と。

通された面会室は北向きのせいか外は晴れているのに室内は暗く冷たかった。尻の当たる部分が薄くなったモスグリーンのフェルト生地を纏ったソファーに腰を下ろし、しばらく待った。

「なんか、雰囲気悪いですね」

恵美が部屋の中を見渡しながら言った。

「すごく、閉鎖的っていうか」

「国防を担う施設というのはこういうものかもしれません。他と違って然るべきですよ」

やがてノックが聞こえ、背の高い青年が現れた。迷彩服を着ており、胸ポケットには名前が刺繡されていた。

石倉一也。あの日、三軒茶屋にいた男に間違いなかった。

「失礼します」

まるで見えないレールでも敷かれているかのように直線的に歩き、方向を変え、年季の入ったテーブルを挟んで座る。ひとつひとつの行動がキビキビとしていた。

石倉は、線は細いが体格は良く、短髪に整えた髪、きりっとした顔つきが、自衛隊の隊員募集のポスターに出てきそうな精悍さを伴っていた。

だが目の奥は、アポを取ったときの声と同じように、不安げに揺れているように思えた。

昨日、三軒茶屋駅で調べてもらった携帯電話に架電したが、身分を名乗るといまは都合が悪いからと言われ、その後は呼び出し音のみになってしまった。そこで今度は朝霞駐屯地に連絡した。警察からの電話となれば無視することもできず、この時間を空けてもらったのだった。

お互いに自己紹介をして向き合って座っていると、緊張に耐えきれないのか、石倉のほうから口火を切った。

「坂本さんの事故についてお聞きになりたいとのことでしたよね」

どこか焦りを感じさせる声だった。田島はあえてのんびりとした口調で、しかし急所を狙った。

「そのとおりです。まず確認なのですが、その日は三軒茶屋にいらっしゃいましたか？」

石倉の視線が泳いだ。この刑事たちはどこまで知っているのか、シラを切った場合の影響はどうだ、など頭の中では猛烈な勢いで計算をしているようだった。

「……はい、いましたが」

探るように答えた。隠しても無駄だと考えたようだ。

「坂本さんが交通事故にあわれて亡くなりましたが、現場の近くにいらっしゃいましたか」

「え、ええ……でも私の目の前で撥ねられたわけじゃないですし、目撃者なら他にもたくさん」

無意識だろうが、自己防衛反応が出ている。自分だけが特別ではない、とアピールしている。

ここで質問を変えた。

「ところで坂本さんとはどんなご関係なのですか」

石倉はハッとした表情をした。

「調べたから、ここにいらっしゃったのではないのですか……？」

田島は笑みを浮かべた。

「いえいえ。あなたのことはなにも知りません。あぁ、あなたを名指しで訪ねてきたので、坂本さんの人間関係からたどってきたと思われたわけですね」

「違うんですか。じゃ、じゃあどうして」

刑事が相対する人間というのは、得てして嘘つきであったり、そうでなくてもなにかしら裏を抱えていたりする。その中で、対峙する人間を見抜く能力は自然と磨かれてきた。

ここまで短い時間だが、石倉がどんな人間なのかを冷静に観察して思ったのは、正直を貫くだけという性格では決してなく、なにかを守るためには嘘をつくことができる人間だということだ。

ただし、予想の範囲内でなら準備し、演じることはできるが、アドリブには弱い。そう分析した。

だから田島は、ここでもストレートに言うことにした。

「防犯カメラですよ」

「え、で、でも」

田島はなにも知らない子供を諭す教師のような顔をした。これも自然に身につけた心理的にプレッシャーをかけるテクニックのひとつである。

釈迦の手のひらから飛び出せなかった孫悟空のような気持ちを味わえば、人は立ち向かうことを諦める。

「いまはいたるところに防犯カメラがあり、行動は筒抜けになります。さらにパスモの記録。便利な世の中ですがそれは足跡を残すことでもあります。まぁ、我々警察には都合がいいんですけどね。それで、あなたが坂本さんが亡くなったまさにあの場所にいらっしゃったことがわかったわけです」

石倉は顔を真っ赤にしてうつむいた。先ほどまでのキビキビとした受け答えはできなくなっていた。

やはりあのとき、同僚の死を目撃している。ならば次の疑問は、なぜその場を立ち去ったのか、ということだ。一緒に三軒茶屋に行くくらいだ。他人ではない。

「石倉さん、坂本さんとはどういったご関係で、どういった理由で三軒茶屋に行かれていたんですか」

「そ、それは……プライベートなことなので、答える必要はないかと思うのですが」

鷹に襲われ、逃げる途中に身を隠す穴倉を見つけた野うさぎのようだった。

たしかに令状があるわけでもないのでプライベートなことまで深く追及はできない。だが、それも予想済みだった。

この場合、情に訴えるか、法的措置を匂わせるか。石倉の場合は、時間的猶予を与えてしまわなければ、どちらも有効だと思った。

「石倉さん……、あれは事故です。坂本さんの死に関して、あなたに責任はない」

反応があった。張り詰めたロープを緩める瞬間、警戒心も緩む。ここがチャンスだ。

そう思ったときだった。

ノックの音が硬く響いた。しかしそれは入室の許可を求めるものではなかった。返事を待たずにドアが勢いよく開く。

髪をオールバックにした男が入ってきた。身長は百八十センチくらいあるだろうか。年齢は田島と同じかすこし上くらい。紳士的な雰囲気を出そうとしているようだったが、規律と平静を象徴する制服をきっちりと着用していても、内なる凶暴性は閉じ込めることができていないように感じられた。

「警務官の松井といいます。石倉三尉、直ちに戻って上官の指示に従ってください」

交通整理のように振った手に、まるで見えない糸でもつながっているかのように石倉は立ち上がった。その間、田島の同意を得るようなそぶりなどは見せなかった。

「ちょっとすいません」

田島も慌てて立ち上がるが、松井が石倉を隠すように体を入れる。対峙したその顔に迷いなどまったく見られない。屈強な体つきということもあって、分厚い壁のようでもあった。

「捜査令状はお持ちですか」

「いいえ、ですが――」

「任意ということであればここまでにしてください」

田島と松井は無言で視線をぶつけあった。それは先に動いたら斬られる居合のようだった。

膠着した空気に我慢できなくなったのか、恵美が立ち上がった。

「どういうことですか」

松井はそれには答えず、背後の石倉に目配せをし、退出させた。

石倉の足音が遠くに消えたのを確認してから口を開いた。

「ある事件において、石倉はすでに我々の捜査対象になっております。つまり、我々が先着捜査しているということですが、警察と警務隊との協定についてはご存じですよね」

事件の内容にもよるが、捜査対象が自衛官の場合、先に捜査に着手したほうが捜査権限を持つことになっている。

ただ、田島の脳内のアンテナは違和感を捉えていた。障害が立ちはだかるということは、むしろ、それは進む道が間違いではないということではないか。

「我々は、先日の交通死亡事故についてお話を伺いにきたのですが、先着案件ということは、自衛隊もあの事故を調べていて、そこに犯罪性があるということですか」

松井の表情は岩のように変わらない。田島よりも高いところから冷たい視線を落としてくる。

「容疑はなんですか」

「それは言えません」

「今回、お話を伺いたいことは、あなたがた自衛隊が追っている事件とは関係がないことかもしれませんよ」

「無関係だと決まってもいませんし、無関係だったとしても警察と話すことで石倉の態度が変わるのは避けたい」

「やはり、三軒茶屋の一件となにか関係があるのですか?」

「国防上の機密も含まれますのでノーコメントとさせてください。もう一度伺いますが、そもそもこれは任意ですよね」

そう言われると、この場は引き下がるしかない。ここで揉め事を起こしても得られるものはないだろう。これより先に進むのならばもっと上のレベルで話をつけてもらわなければならない。

「出口までご案内します。こちらへ」

ドアを開け、出ろ、と促す。その有無を言わせぬ態度に、従うしかなかった。

松井は駐車場まで先導してくれたが、それは礼儀などではなく、確実に追い出すための行動のようにも感じられた。

車に乗り込み、門を出たところで恵美が怒りを吐き出した。

「なんなんですか、あれ。態度悪っ。引き下がっていいんですか、ありなんですか」

「ありかなしかで言えば、ありです。あの人が言っていたとおり、警察と自衛隊の間には協定があります。昇進試験に出るかもしれないのでこれを機会に覚えておくといいでしょう」

「でも、そんなこと許してたらうやむやになることだってあるでしょうよ」

「警務隊は、自衛隊の他の組織と切り離された部隊で、その捜査能力権限は警察と同等です。多くの場合は基地内で発生した事件を担当していますが、捜査対象が基地の外に出れば、尾行や張り込みなど、警察と同じ捜査をすることもあります」

「でも我々が捜査しちゃいけないってことはないんじゃないですか」

田島は車を路肩に寄せて、カーナビゲーションを操作しながら言った。

「容疑がかたまっているならともかく、任意で話を聞いているだけですから、自衛官じゃなく一般人でも聴取を断ることができます。それに国防問題が絡むらしいですから」

「口実ですよ、そんなの」

「私たちのレベルでは、それが単なる口実なのかどうかを判断する権限すら持ちません」

頭に血が上ったのか、恵美は窓をすこしだけ開けて、新鮮な空気を車内に取り込んだ。

「じゃぁ、どうするんです。原田さんにプッシュしてもらいますか？」

「必要があれば、いずれ。でもいまは、まだ事件かどうかもわからない。だから捜査しても文句を言われないところから始めます」

「文句を言われない？」

「ええ、死んだ人なら、ね。ちょっとドライブになりますよ」

田島は朝霞を出た足で千葉県市原市に向かった。高速道路を経由して約二時間の道のりだった。昼をすこし回ったころ、山倉ダムのすぐ近くの大衆食堂の駐車場に車を入れた。

いまにも雨が降りそうな鼠色の空の下、吹き抜ける風はコートの襟を閉めさせるのに十分な冷気を伴っていた。

見上げた看板のペンキは剝げていて、屋号を確認することも難しいくらいだったが、住所を照らし合わせ、坂本の実家であることを確認した。

昼食の時間帯にもかかわらず、店の前には準備中の札がかけられていた。営業をやめてしまったからなのか、それとも息子を亡くした直後だからなのかはわからなかった。

田島は裏に回り、表札を確認して呼び鈴を押した。

留守かと思ったが、すりガラスの向こうで影が揺れるのが見えたのでしばらく待った。

「はいはい、お待ちください」

やがて女性の声が聞こえ、何かをかたづけるような音の後に、アルミの薄っぺらいドアが開いた。

「恐れ入ります。警視庁捜査一課の田島と申します」

「同じく毛利です」

「警察の方……。あぁ、正道の母です」

きちんと身なりを整えているひとだったが、伏せた顔はやつれていた。

「こんなときに申し訳ありません」

田島は名刺を渡し、どうぞ、と通される。

「昨日帰ってきたばかりで」

全体的に暗い色の部屋の中にあって、場違いなほど真っ白に輝く布で包まれた骨壺（つぼ）を見やった。

遺族のもとを訪れるのは、事件でも事故でも辛い。

被害者は基本的に他人である。だからどんな生き方をしてきた人なのかを知るには、死んでからそのひとの人生を遡るしかない。

どんな生き方をしてきて、なぜ死ななくてはならなかったのか。その人生に同調するたび、田島は疲弊する。

しかし、どう死んだのかだけを追及していては決してたどり着けないことがあると思っている。意味のない死がないのなら、その意味にたどり着くためには、やはり、どう生きたのかを理解する必要があるのだ。

線香をあげさせてもらい、手を合わせる間、田島は会ったこともない坂本のために祈った。そして、必ず〝そこ〟へたどり着くのだと自分に言い聞かせた。それが捜査へのエネルギーとなる。

正座したまま向き直ると、テーブルの上に茶が用意されていた。

「事故のことでいらっしゃったんですか。まだなにかお調べに？」

「ええ、いくつか確認をしたいことがありまして。ご迷惑を承知でうかがわせていただきました」

線香をあげ終わった恵美も横に並ぶ。正座が苦手なのか、かかとを浮かせていた。

「正道さんは、こちらへはよく帰ってこられていたんですか？」

「いえ、最後に帰ってきたのは二年前の正月だったでしょうか。電話では時々話していましたけども」

「そうですか。最後にお話しになったのはいつごろだったでしょうか」

「事故の一週間ほど前だったと記憶しております」

「差し支えない範囲で構いませんので、どんな話をされたかお聞かせ願えませんか？」

「大したことはとくに。ただ私の誕生日が近かったものですから、それで」

さまざまな思い出が蘇るのか、目を潤ませた。

「その際、変わった様子はありませんでしたか？」

母親は視線を斜め下にやって記憶を探っているようだった。

「いえ、とくに思い当たることはございません……あの、なにかあったんですか。事故ではないんですか」

田島は両膝に置いた手で上半身を支えながら、わずかに身を乗りだした。

「事故かどうかをいえば、事故だと思っています。ただ、直前の行動について、ささいなことを調べるのも我々の仕事でして」

「あの子、飛び出すなんて……。やっぱりご迷惑をおかけしていますよね」

「いえ、そうではなく」

田島は両膝に置いた手に力をこめ前かがみになる。

「もしも、あの行動に意味があったとしたら」

母親が疲弊しきった顔を上げた。

「意味……ですか？」

「ええ。事故の原因は赤信号での飛び出しです。ですが、もし正道さんを飛び出させてしまった〝なにか〟があるなら、私はそれを見つけるべきだと思っています。それは正道さんの最後の言葉でもあると思うんです。だから、ちゃんと拾わないと、と思いましてこのようにお話を聞かせていただいているわけなんです」

「そうですか。ありがとうございます」

華奢（きゃしゃ）な肩を中央に寄せて、深く頭を下げた。白髪が多い頭を見ていると、田島は自分の母親のことを考えずにはいられなかった。

それこそ、もう何年も会っていない。

「あの」

恵美の声に我に返った。

「先ほど、やっぱりご迷惑を、っておっしゃいましたけれど、なにかお心当たりが？」

「あ、いえ。昨日、自衛隊の方が来られまして。事故の際に持っていたものを確認されたので」

田島は恵美と顔を見合わせた。

「我々にも、お見せいただくことはできますか」

「ええ。こちらが、正道があの日に身につけていたものになります」

「失礼します」

出された段ボール箱を確認する。財布には現金が紙幣・硬貨を合わせて一万円弱、運転免許証、クレジットカード、ポイントカード。肩掛けのバッグに、週刊誌。とくに変わったものはなかった。

「携帯電話などはお持ちでは？」

「ええ、壊れたものを返していただいたのですが、自衛隊の方が手帳と一緒に持っていかれました。国防上の問題で、とおっしゃっていましたので、私は正道がご迷惑をおかけしたのではないかと心配しておりました」

田島はメガネのブリッジを上げる。

「その方のお名前などは覚えていらっしゃいますか？」

「ええっと、たしか名刺をいただいていました。すこしお待ちください」

いったん、部屋の奥に引っ込んだが、程なくして名刺を持って戻ってきた。

「松井さんとおっしゃる方でした」

音は聞こえなかったが、恵美が息を飲んだのがわかった。

名刺を見せてもらうと、たしかにあの松井だった。

ただの交通事故で所持品を回収しに来るなど、どう考えてもおかしい。

田島の中では、間違いなく何かに向かって進んでいく高揚感にも似た感情が湧き上がった。これは刑事としては正しいかもしれないが、同時に、得体の知れない不安に襲われてもいた。

いったい、何が起こっているのか。想像の及ばない範疇で、田島の理解を超えたことが起ころうとしている。そんな気がしてならなかった。

恵美も同様に、彼女なりに何かを感じとっているようだったが、この疑念に対する論議は後にしたほうがよいだろう。ただでさえ息子を失って心労が重なる母親に、この段階でさらなる負担をかけたくない。

田島は話題を変えるために、壁に貼られた写真に視線を移した。多くは、カラープリンターでＡ４用紙に印刷したもののようだ。

その中の一枚に目を止めた。

「ああ、正道さんは、ＰＫＯで派遣されていたんですか？」

四人の男が肩を組んで笑っている写真があった。着ているのは迷彩服だが、頭にはブルーのヘルメットをかぶっている。

「はい、去年の十月ごろまで中央スーダンに行っておりました。私が心配するものですから、こういう楽しそうな写真ばかり送ってきていました」

田島は顔を近づけ、良き思い出に触れるように笑みを浮かべていたが、すぐに顔面神経を緊張させた。

その写真の中に石倉を認めたからだ。獲物を狙う猫のような目で凝視する。坂本と肩を組んでいる。

「この方たちというのは」

「ああ、正道ととくに仲良くしていただいていた方たちだそうです。あの子は人付き合いが上手なほうではありませんでしたが、便りをくれるときはいつも、この方々のことを嬉しげに書いてきていました」

田島は石倉に指を置く。

「この人についてはなにかご存じですか？」

「ああ、石倉さんですね。ご実家が同じ千葉ということで、休みに正道と一緒に来られたことも何度かありました」

「そうですか、そうですか」

田島は柔和な笑みを見せながらも、このような質問をしたことを後悔した。警察が石倉に注目しているのを開示しているようなものだからだ。

それを覆い隠そうとするかのように、他の人物についても質問を重ねる。

「こちらの方も仲が良かったのですか？」

やや丸い体つきの男を示す。

「その方は亡くなったと聞いています。正道も残念そうにしていました」

母親は、思い出に触れて表情に明るい兆しを見せていたが、息子の友人の死を重ねて再び暗くなってしまった。

田島は慌ててつくろう。

「ではこちらの方は？」

「その方も一度いらしたことがありましたよ。たしか泉谷（いずみや）さんという大阪（おおさか）出身の方です。私も大阪に住んでいたことがあったので、かすうどんを作ってさしあげたら、それを美味（おい）しいとおっしゃって。いまはメニューに加えています。一日に何十人もお客さんが来られるような店ではありませんので何度も廃業しようと思いましたが、やはり美味しいと言ってもらえると嬉しくて、またその声を聞きたくて、いまだに続けております」

　再びポジティブな表情になったことに田島は安堵（あんど）した。

「あの。こちらの写真、データをお借りしても？」

「はい、でも私はパソコンのことはよくわからないんです。いつも近くに住んでいる長男がやってくれるもので」

　正道の兄にあたる家族の写真もあった。孫だろうか、小さい男の子が両親と一緒に写っている。

「それでは、この写真をカメラで撮らせていただいてもいいでしょうか」

「はい、構いません」

「ありがとうございます。毛利さん、お願いします。あなたのスマホのほうが画素数が多い」

「よく見てますね」

恵美は光の反射を考慮しながら何枚か角度を変えて撮影すると田島に見せた。

「本日は突然お邪魔しまして、申し訳ありませんでした」

「いえ……」

玄関先で、母親は深く頭を下げた。

「正道の声、どうか拾ってやってください」

田島はしっかりと頷いた。


高速道路に向かう途中、コンビニエンスストアの駐車場で、両手で包み込んだコーヒーを飲みながら恵美が言った。

「でも、なんで自衛隊が所持品を回収するんです？　怪しくないですか」

「疑ってかかると、余計な先入観で真実を見誤りますよ」

田島はそう言いながらも、同感だった。

やはり、ただの事故ではないのか……。

「おっと、雨ですよ、雨」

空を覆う雲はみるみる光を弱め、風に乗って流れてきた霧のような雨を頬に感じた。

　車に乗り込むと、田島はスピーカーモードにして電話をかけた。呼び出し音二回で相手は出た。ただの事故ではない可能性を真っ先に指摘した青木だ。

『青木です、お疲れ様です』

「すいませんが、事故の際の被害者の所持品を確認させてください。いま出先で資料が手元になくて」

『了解です。記録を見ますので、ちょっとお待ちください……ええっと、着衣は厚手のトレーナーにナイロン製のジャケット、ジーンズ。ポケットからは財布が確認されています。布製の肩掛けバッグには週刊誌と手帳、飲みかけのミネラルウォーターが入っていました。携帯電話は五メートルほど離れたところで見つかりましたが損傷がひどく、電源は入らない状態でした』

　やはり、手帳と携帯電話が消えている。

　田島はそれらが回収されてしまっていることを話した。

「手帳に何が書かれていたかなんて、見られていないですよね」

『そうですね、事故のことを知らせようと、連絡先を調べるために一応開いてはみましたが……さすがに内容までは。内容をしっかり確認しておくべきでした』

なにか手がかりがあればと思ったが、交通事故で身元もわかっていればそこまで確認することはないだろう。

助手席の恵美が、落胆を表現するためかヘッドレストで後頭部を支えながらため息をついた。

『でも……』

「はい？」

電話口で書類をめくる音が聞こえる。

『連絡できる人を探していたときに手帳のスケジュール欄を見まして、あ、これだ。あの日、マルヤマという人物と会うことになっていたようです。日の丸のマルに野山のヤマです。走り書きではっきりとは読めませんでしたけど、十九時、池袋、ヒルズカフェ、と』

「連絡先はわかりますか？」

『いえ、電話番号等はありませんでした。それに、すぐに家族の連絡先がわかったので、丸山という人物についてはそれ以上調べませんでした……』

青木の声は語尾に向かうほど沈んでいった。まるで、自分が重大なミスをしてしまったのだと感じたかのようだ。

息を吹き返したかのように恵美が体を起こすと、田島が持つ携帯に向かって叫んだ。

「青木さんは全然まったくちっとも悪くないっすよ！　で、ついでにもうひとつ。スケジュールって他にもびっしりでした？」

田島は思わず携帯を遠ざけるように引っ込めてしまったが、意外にも青木の声は明るくなっているようだった。

『いやー、ポツポツって感じでしたね。ここ最近ではそれ一件だったと思います』

「了解です、あとはお任せ！」

『毛利さん、ありがとうございます。よろしくお願いします』

電話を切り、フロントガラスを覆っていた雨粒をワイパーでなぎ払う。灰色の畑のむこうに、山倉ダムが見えた。

「毛利さん、なんなんですか、スケジュールがびっしりって？」

「まだ考え中です」

恵美はそう言ってコーヒーに口をつけた。

被害者があの日会おうとしていた丸山という人物というのは何者なのか。自衛隊関係者だろうか。苗字(みょうじ)だけでは特定は難しい。

そして所持品は松井によって回収された。なぜわざわざ？　しかし、国防とか機密という盾を使われたら、警察がそれを見ることは難しいだろう。

そこに着信があった。原田だった。今度はスピーカーフォンにはしなかった。

いつものことだったが、前置きは抜きで本題に切り込んできた。

『お達しが出た。朝霞には近づくな』

思ったよりも早い。あと二、三回はつついても大丈夫かと思っていた。

「参事官、しかし……」

『いや、もちろん俺から頼んでおいて、この先は触れるなというのも申し訳ないと思っているが、そこは察してくれ』

どうやら上層部のほうで協定の確認があったようだ。つまり、自衛隊が警察に対して圧力をかけているということか？

しかし、いくら協定があるとはいえ例外もある。

「令状がとれるレベルまでいけばいいということですよね」

『まぁな。だが、いくら外堀をつついても、本丸にはたどり着けんぞ』

「それは、つつき方にもよるかもしれません」

『おいおい……。お前、性格は繊細だが、つつき方は大雑把だからな』

田島はほくそ笑んだ。

「もともとは参事官が言い出しっぺですよね」

受話器の向こうから笑い声が聞こえ、しばらく乾いた笑いを重ねたが、それもすぐに収まった。

『しがらみってやつがあると、なにかとやりづらくなるのは承知の上だが、そういうのが俺は大嫌いでな』

「むしろ、お好きですよね、こういう状況が」

咳をしてごまかしているようだったが、明らかに笑っていた。

『まぁな。妨害が入れば入るほど、まるで宝はここだぞ、と地面に旗が立っているように思えるからな。ただ真相にたどり着くには、時として息を潜めなきゃならんこともある』

「はい、心得ております」

『本当かぁ？　まぁ、何かわかったら教えてくれ。それと、これは捜査一課本来の仕事じゃない。だから君たちの評価には影響しない。つまりそこまで入れ込まなくても……』

つまり、捜査自体は続けてもいいが、引き際は見極めろ、ということのようだ。

「了解しました。適時、ご報告いたします」

田島は携帯電話の通話が切れるまでディスプレイを眺めていた。やがてバックライトが消灯し、自分の憂い顔が映り込む。

——協定。

真相は大きく強固な壁に囲まれている。我々はその周りでもがくことしかできないのだろうか。画面の消えた携帯電話を見つめながら思考を巡らせていた。

「田島さん、なに考えているんですか」

恵美の声に、意識はセダンの中に引き戻される。

「あ、わかった。またあたしのことでしょー」

田島は目を丸くした。むしろ存在を忘れていたくらいだったからだ。

一人のほうが思考力も高まるし、自分の能力も活かせると思っている。だからこれまでコンビを組まされても、実質的に一人で行動することが多かった。

これは八木の嫌がらせだろうか、と恵美を横目で見ながら勘ぐる。

「あたしね、よくうるさい女って言われるんですよ」

「自覚、あったんですか」

つい口に出た。

「それ、何気にひどいですね。でもですよ。あたしがいなくなってからありがたみっていうんですか、そういうのに気づくんです。いろいろうまく回っていたのはあいつのおかげだったのか、って。遅いですよ、そのときに気づいても遅いですからね」

開いた口が塞がらない、という体験を、田島ははじめてした。

「で、どうするんですか」

さて、どうするか。

こんなときは刑事の基本に戻る。先輩から口すっぱく言われたことだ。

「迷ったら現場百回」

千葉から高速を乗り継いで三軒茶屋に到着したのは、奇しくもあの事故が起こった同じ時刻だった。

午後四時、昼と夜が入れ替わる、波の引き際のような時間帯。ビルと首都高速に挟まれた細長い空は鉛色だった。

トラックが空気を猛烈に押しのけながら通り過ぎ、二人の体をよろけさせた。

「いつまでここにいるんですか。何か考えているなら喋ってくれないとわかりませんよ」

事故現場を眺めていた田島に、若干、語気を強めて恵美が言った。

「伝えるだけの情報がないだけです。それに、まだ五分も経っていないでしょう」

それに、できれば黙って考えたかった。

「眺めるだけで解決するなら何時間でも止めませんけど」

恵美が言うことはもっともだが、田島には田島の準備というものがあった。

頭の中では事故当時の映像が再生されている。そして何かが気になっている。その何かを理解するには、持てる事実を総動員して、脳内に事故現場をイメージする。そして、その中に身を投じるのだ。そのためには静かに集中したい。

石倉はここで被害者を見ていた。頭を抱えているようにも見えたのは、どういう意味だ。しばらく右往左往したあと、人を掻き分けながら商店街に戻った……。

「ちょ、どこ行くんですか」

急に歩き出した田島を恵美が慌てて追う。

「石倉の足取りです。ここが例の牛丼屋。この角を左に折れて……」

田島は喧騒（けんそう）から切り離されたような路地を進み、T字路に突き当たったところで立ち止まった。商店はなく、マンションなどの住宅が並ぶ。

「どうしたんです、駅はあっちですよ」

恵美が指をさす左側の小道を抜ければ、たしかに国道に出られる。石倉はそっちに行ったはずだ。しかし——。

「事故直後の石倉は白いフード付きのトレーナーを着ていました。それが駅の改札にいたときは黒いジャケットを着ていた」

「つまり、この途中で上着を？」

「ええ。事故後に商店街を歩く姿が写っていましたが、そのときはトレーナー姿でしたから、ジャケットを着たとしたらこのあたりだと思うんです」

恵美が合点したように頷く。

「じゃあ、このあたりでジャケットを置いておけるような場所がないか調べるってことですね」

田島はメガネを取ると、親指と人差し指で瞼(まぶた)をマッサージし、狭い空を見上げてから再びメガネをかけ、腕時計の文字盤を確認した。

「ところがです」

「はぁ」

「事故現場からここまでは三分弱、駅の改札までは五分かからないでしょう。早歩きだったらもっと短い。それなのに、石倉が駅で確認されたのは事故から三十分も後のことです」

恵美は広い額を小指の爪で掻いた。

「何をやってたんですか」

「だから、それを考えているんです。仮にどこかに上着を忘れていたのだとしても、それを取りに戻っただけなら、そんなに時間はかからない」

「道を間違えて遠回りを……なわけないか」

「気が動転して、ってことはあるかもしれませんが」

「あ……。ひょっとしてだれかと会っていた？」

田島は人差し指を立てた。

「そう思います。偶然出会ったのか、もともとだれかと一緒だったのかはわかりませんが、事故後、慌てて戻っているように見えたのは、ひょっとしたらだれかにそのことを伝えに行ったのではないかなと」

「はぁーっ、なるほど。アリですね。伊達メガネも伊達じゃないっすね」

はじめのうちこそ、いちいち反応していた恵美の軽口だが、最近は慣れてきていることに、田島自身、小さな驚きを感じていた。

「じゃあ……」恵美はあたりをキョロキョロとする。「どうします？」

田島も見渡す。

「青木さんによれば、坂本さんの所持品の手帳には、その日の夜の予定は書いてありましたが、三軒茶屋の予定はありませんでした。これはどうしてでしょうか」

「田島さん、答えを知っているのに聞くのは性格が悪いですよ」

恵美が細めた目で睨む。試されているように感じたのだろう。

「性格が悪いのはどっちですか。スケジュールのことを聞いていたのは毛利さんですよ？」

「いいんですか、邪魔者のあたしなんかの意見で」

恵美は、猫が毛玉を吐き出すような顔をして見せた。

「ちょっと引っかかったのは、手帳に予定を書いていたってことなんです」

「なぜです？」

「あたしだったら、ケイタイのスケジュールアプリに登録しますけどね、っと思って。もしくはメールやＬＩＮＥでやりとりをする相手だったら、あとでメッセージを見返せばいいので登録すらしないかもしれません。普段から手帳にスケジュールを書く習慣がある人ならともかく、ここ最近はその一件だけだったわけですよね」

田島は、思考の手押しポンプに呼び水を注ぎ続けるように、相槌を打つ。

「たしかにそうでした。つまり？」

「丸山でしたっけ？　その日の夜に会う予定だった人とは面識がないんじゃないでしょうか。普段からメールでやりとりをするような関係じゃない。だから、たとえば電話で話しながら予定をメモしたとか」

「なるほど。たしかに一件だけっていうのは不自然ですね。それに対して石倉は知ってる相手だから、わざわざ手帳ではなくケイタイに予定を登録していたかもしれないし、メールかもしれないし、そもそも記録すらしてないかもしれない、と？」

「ですです。だから、坂本さんが事故にあうまで石倉と一緒にいた人物がいるとしたら、友人もしくは同じような間柄の人かもって」

「毛利さんが言いたいのは」

「エミでいいですよ。アメリカではファーストネームで呼ばれてましたし」

「……で、毛利さんは、事故前に会っていた人物がいるとするなら、それも知り合い。つまり自衛隊関係者だと？」

恵美はすこし不満そうに答えた。

「関係者かどうかはわかりませんけれども。石倉が事故後にだれかのもとに駆けつけたんだとしたら、それもありかな、と」

田島は恵美から視線をはずして考えを整理した。

「ありえると思います。その線でいきましょう。もし三人の人間が一緒に待ち合わせたとしたら立ち話はない。となると、やはり喫茶店か」

「でもこのあたりの聞き込みはしたんですよね」

「もうすこし範囲を広げましょう。それに、以前の聞き込みのときとは人物像や人数、状況がだいぶ違います。新しい情報が出てくるかもしれません」


その喫茶店は、路地を駅とは逆方向に抜けたところにあった。店内は昭和の趣を残しており、壁に貼られた手書きのメニューはヤニで黄ばんでいた。

立春(りっしゅん)を過ぎて以前よりも陽が長くなってきたものの、今日のように厚い雲に覆われるとあっさりと暗くなる。さらに寒風にさらされて体の芯(しん)まで冷えていると、オレンジのランプは山小屋の暖炉(だんろ)のように思えた。

「三人ですか。ええ、覚えていますよ」

　カウンター越しに、無精髭に覆われた営業スマイルを見せるマスターが言った。糊の利いたワイシャツと艶のあるベスト。店と同じように昭和の趣を見せる人だった。

「ちょっと年配の男性と、あとは三十代くらいのね、うん、男性が二人、そこの丸テーブルに座って話していましたよ」

「どんな感じでした？」

「いやぁ、会話はよく聞こえませんでしたが、話がまとまらなかったのか、そのうち一人が飛び出しちゃったんですよ。それを追ってね、もう一人も出ていったんです。年配の人はそのまま待っていたんですが、どのくらいでしょうか、十分くらいしたら一人が戻ってきたんです」

「戻ってきたのはどっちですか？」

　田島はマスターの記憶を確認するために聞いた。

「ああ、あとから追いかけていった方です」

「顔を覚えていらっしゃる？」

「いえいえ。でも、上着を着ずに飛び出したので。それで取りに戻ってきたのかな、と。背もたれにね、黒いジャケットがかかったままだったから」

恵美が田島に頷きかけた。マスターの記憶は信憑性が高い。

「その男が戻ってきたときですが、どんな様子でした？」

「ずいぶん慌てていたんでしょうか。血相を変えていましたね。なんだか取り乱してる感じもありました。それで、年配の人が会計をして外に連れ出したんです」

「どっちのほうに行ったかわかりますか」

「ここを出て右のほうに行きました。若いほうの男を抱きかかえるようにして連れていきましたね」

田島は首をかしげた。右に行ったとすれば、駅から遠ざかることになるからだ。

「その年配の方ですけど、どんな格好をしていたか覚えていらっしゃいませんか」

「うーん、そうですねぇ、あまり特徴がないっていうか、記憶もこの歳になると曖昧でよく覚えていないですね……」

恵美がカウンターに乗り出した。

「禿げてましたか」

マスターは自分の後頭部をさすりながら、うーんと唸る。

「ええっと……あぁ、ちょっと薄くなってた感じだった気がします」

ぼんやりとした視線をドアに向けていたが、ふっと顔を上げた。

「あ、そうだそうだ、思い出した。出るときにベレー帽をかぶっていましたよ。そういえば上着はベージュっぽいジャンパーみたいな感じだったかな。あとは、暗い色のチノパン、かなぁ。ごめんなさいね、自信がちょっとないですけど」

二人は礼を言って店を出ると、言われたとおり駅から離れるように歩いた。

「どうして頭髪のことを聞いたんです？」

「プライミング効果です」

恵美は、なにを当たり前のことを聞くのだ、というように答えた。

「それが禿げてる禿げてないっていうのと、どうつながるんです」

「人っていうのは、無意識に見たものを記憶していますが、意味のないものっていうのは後で取り出すときの目印がないような状態になっています。だから、記憶に埋もれた目印を探してもらったってわけです」

「それが、禿げ？」

「マスターってちょっと薄かったでしょ？　だからとくに気にしていると思ったんです。そういう場合、他人はどうかなって見てしまうんですよ。自分はまだマシだ、とか」

田島は頷いた。

「それで、思い出すきっかけをつくったってことですか」

「そうです。その男が出て行くところの風景をセットで思い出してもらったんです」

「なるほどね」

「感心したでしょ」

勝ち誇った顔で先を歩き始めた恵美に田島は肩をすくめる。

「プライミングって、てっきり学習効果を高めるのが目的かと思っていました」

恵美は振り返り、細めた目で見返してくる。

「ある刺激を与えることで別のイメージを生み出すもの、つまり連想力です。たとえば、くだものの話をしたあとに、連想ゲームで〝赤〟という例題を出すと、自然にリンゴやイチゴを思い浮かべるというような」

「……そ、そういうのもありますね」

「毛利さんはその原理を逆手(さかて)に取ったわけですね」

知識面で田島より優位に立とうとしたものの、逆に指摘されたのが気に入らなかったのか、軽く頬を膨(ふく)らませて上目で睨んでくる。

「いいじゃないですか、服装を思い出してくれたんですから」

「もちろんです。さ、その影を追いましょう」

肩を大きく揺らし、鼻から強く息を吹き出した恵美は喫茶店を振り返った。

「飛び出していったのが被害者の坂本さん、その後を追ったのが石倉、そこにもうひとり謎の人物がいたわけですよね。頭髪がやや薄くなった、チノパンの男」

田島は頷いた。

「その人物はいったい何者なのか」

「黒幕ですよ。これはきっと背後に組織的ななにかがあるんです」

「黒幕って、なんのですか？」

「たとえば秘密結社的な」

田島は苦笑を抑え込んだ。言っていることは冗談にしか聞こえなかったが、恵美の顔は真顔だったからだ。なるべく傷つけないようにと言葉を探すが、あいにく田島はその類の語彙を潤沢に持っているわけではない。

「なるほどね。まぁ、とりあえず、その薄い頭の親玉がどこに行ったか考えましょうか」

「えっと、駅とは逆方向ですよね。何があるんだろ」

しばらく歩いてみたが、住宅街が続くだけだった。

田島は駅までの時間を計った。

「これ以上進むと、石倉が駅に現れた時間に間に合わなくなりますね」

「あ、そっかぁ」

回れ右をして、帰宅客の流れに逆らうようにしばらく来た道を戻る。その途中で田島は足を止めた。

「車、か」

コインパーキングを眺める田島を見て、恵美も頷いた。

「アリですね、アリ。親玉は車で来てたかも」

そこに車が六台ほど停められるスペースがあった。

「ビンゴ。田島さん、あそこ」

恵美が監視カメラを指差した。

すぐに世田谷署の青木に連絡を取ると、管理している警備会社から画像を取り寄せてくれるということだったので、二人はいったん、本庁に戻ることにした。

かろうじて残っていた空の明るさはすでに消え、冷たい風が足元を吹き抜けていった。

「あ、田島さん。その前に……あそこ」

体を縮こまらせながら恵美が指をさした。

三軒茶屋から引き上げようとしたとき、恵美がどうしてもラーメンを食べたいというので三十分を余分に消費した。

ラーメンはてっとり早く満腹になれるので、捜査で駆け回る刑事にとっては都合の良い食事なのだが、一日の摂取カロリーに気を遣う田島には無縁のものだった。

今回も恵美が魚介系つけめんを食べている間、車でスムージーを飲みながら待っていた。

こうやって相手のことを考えない突発的な行動に予定を乱されるのがたまらなく嫌いだった。身勝手にもほどがある。ただ……。

至福の表情で店から出てきた恵美を見ていると、彼女を自分の型にはめ込んでしまうのもやはり自分勝手なのかもしれない。そんなふうに思えた。

やはり一人がいい。

田島は運転席のリクライニングを起こすと、シートベルトをかけた。

結局、本庁に戻ったのは夜の七時を回っていて、捜査一課の大部屋には在庁待機担当班の他に数人が残っているだけだった。

八木班は浅草の捜査本部に詰めているのでだれもいないかと思ったが、ひとり席に座っていた男が顔を上げた。

「田島さん、毛利さん。お疲れ様です」

木場（きば）巡査部長は恵美の三期先輩にあたるが、いまだに就活生のような初々しさを残している。

「どうしたんだ、浅草じゃないのかい？」

「近くまで来たのでストックしておいたワイシャツを取りに来たんです。そのついでにいくつか報告書を」

田島がジャケットをハンガーに掛けている間に、恵美は木場の隣に座って資料を覗き込んでいた。

「ねね、浅草はどうなの？」

恵美は先輩の木場に対してもタメ口をきくが、木場も気にする様子はない。そもそも、いま恵美が座っているのは田島の席だ。

「こっちは怪しい人物が特定されましたよ。現場に折りたたみ傘が残されていたのですが、付着していた指紋から渡辺賢介（わたなべけんすけ）という男のものだということがわかりました。実際、東武線浅草駅付近の監視カメラに逃走するところが写っていました。家宅捜索をしましたが、事件後は家に帰っていないようです」

並べられた資料には写真が添付されていたが、渡辺は六十歳を越えた痩せた老人で、それは田島が想像していた犯人のイメージとはずいぶん異なっていた。

「組織から雇われた凄腕(すごうで)の殺し屋じゃなさそうですね」

恵美のひとことに木場が反応する。

「なんです、それ。殺し屋って」

「田島さんのプロファイリング」

「ええっ！」

木場が驚いて目を見開く。

「ちょっと、そんなこと言ってないでしょう」

「プロフェッショナルって言ってたのは、そういうことじゃないんですか？ ま、でも、これを見ると外れっぽいですけどね」

恵美がいたずらな笑みを田島に向ける。プライミング効果の件を根に持っているのかもしれない。

しかし、木場は小刻みに頷いた。

「いえ、ある意味プロかもしれませんよ」

「というと？」

恵美が木場のほうに椅子を回転させる。

「渡辺はギャンブル好きで、三沢の息がかかった消費者金融から借金をしていたんですが、執拗な取り立てを受けていたようです」

「でも、だからといってヤクザを殺すかな」

「そうなんです。ただですね、気になる点が見つかりました。それは、渡辺が狩猟免許を持っているということなんです」

「ということは猟銃も？」

「はい、所持しています。そして、事件の前日に都内の銃砲店で銃弾を購入しているんです」

「猟銃を持っていれば、銃弾を購入しても不思議じゃないと思うけど」

「それがですね、狩猟免許を持っているとはいっても、渡辺はそれを生業にしているわけではありません。ただの趣味でやっていただけのようですが、借金に追われているくらいですから、ここ数年、実質的な使用実績はありません」

「趣味で動物を殺しているの？」

語尾を強く撥ね上げた恵美に、木場が申し訳なさそうに言う。

「まぁ、それ自体は違法ではありませんし……」

助け舟を出すように、田島は話題を戻した。

「しかし、猟銃の所持許可の更新には使用実績が必要だよね」

猟銃を所持している者は毎年春に行われる銃砲一斉検査を受けることが義務付けられている。ここでは、銃の紛失や違法な改造が行われていないかを検査されるだけでなく使用実績も調査され、実績がない状態が続いていれば許可が取り消されることもある。俗に言う〝眠り銃〟対策だ。

「はい。昨年度は、神奈川県の射撃場に行った記録がありましたが、そのときも一ラウンドで切り上げています。技術向上のためというよりは、更新に必要な使用実績を作りたかっただけのようですね」

「なるほど」

と田島は言ってみたものの、まだ話が見えてこなかった。

「渡辺は、所持していた猟銃二丁のうち一丁を銃砲店に売却し、登録を抹消しています。やはり金に困っていたようです」

「金がないなら、もうひとつの銃も売ってしまえばいいじゃない」恵美が言う。

「そうなんですが、猟銃は一度手放してしまうと再取得に手間がかかりますので、最小限の費用だけでかろうじて維持していたんでしょう」

「そこまでして、趣味で動物を殺したいのね」

鼻息の荒い恵美を田島はなだめた。

「話を戻すけど、渡辺が銃弾を購入したとしても、それは今年の実績を作るためだったら、別に不自然じゃないよね」

「もちろんそうなのかもしれませんが、本部では違う可能性も捨てていません」

木場が意味ありげに小さく頷いた。

「つまり、三沢を撃つつもりで弾を購入したと言いたいんだね。しかし都会の真ん中で銃を使うかな。実際、ナイフで刺殺されたわけだし」

「準備していたものの、追い詰められて計画が狂い、ナイフを使ったという可能性もあるとみています」

田島は資料をめくる。

「家宅捜索で銃や弾はあったのかい？」

「銃はガンロッカーにありましたが弾は見つかりませんでした。弾を購入したものの、それを使う前に殺してしまったので逃げ回っているのではないかと」

この渡辺という人物が三沢を撃つつもりだったのかどうかはわからないが、少なくとも本部はスプリットハーフでそういう可能性を排除しきれていないのだろう。それだけ、捜査が難航しているとも考えられる。

「それはそうと、ここ、おかしくないかな」

田島は指紋が確認されたという傘の項目に指を置いた。

「死亡推定時刻からいうと、そのころは雨が降っていたはずだ。あの日、雨が上がったのは朝方になってからだからね。だとしたら、どうして傘を置いていく？」

「おそらく三沢を刺してしまって焦ったのではないでしょうか」

田島は親指と人差し指で顎の先をつまみ、刺激を与える。

「渡辺の指紋があったということだけど、前科持ちなのかい？」

「いえ、パスポートの自動化ゲートに登録していたんです。以前はそれなりに金回りがよかったようで、よく海外に出かけていたようです」

凶器となったナイフの写真を指差す。

「このナイフも猟で使うものなのかい？」

「いえ、それは三沢のもののようです」

焦った、ということは、殺害はアクシデントだったということになる。だが、ヤクザの持つナイフを奪って刺殺できるだろうか。

田島はぬぐいきれない違和感を覚えていたが、なにしろ捜査本部からは外されている身分なので口を挟めない。

だから、それ以上は言わないでおいた。余計な入れ知恵をして、本部から木場が睨まれるようなことにはしたくない。

その木場が、あっ、と声を出した。

「そういえばなんですけど、組対は数名を残して引っ込むようですよ。抗争じゃなさそうってことで。だから、田島さんも直接捜査できるようになるかもしれませんね」

抗争でないのなら幸いだ。市民が巻き添えになることはなんとしても避けたい。

「それと、例の秋山警部補も別件で引っ込むみたいですし」

「え？」

「やはり、あの一件まで遡るみたいですよ」

「ねぇ、なんなの、あの一件って？」

恵美が割って入ってくる。

「前に田島さんが追っていた事件がきっかけで、警察内部に暴力団とつながっている人物が何人かいるってことを監察に報告したことがあったんです。あれで組対の何人かは監察から呼び出されることになったんですよ」

「あー、それで田島さんは組対に嫌われてたんだ」

腕を組んだ恵美が納得顔で大きく頷く様子を見ながら、田島は鼻息を強めに吹き出した。

あれは五反田で発生した殺人事件を担当したときだった。容疑者を追ったところ、暴力団組員であることがわかった。そして被害者もまた構成員で、過去にその所属組事務所にとって不都合な証言をした証人だったことが判明する。別件で逮捕された際、組事務所の情報と引き換えに減刑を得ていたのだ。

だが出所したその夜に殺された。

警察から情報が漏れている可能性を示唆したのは原田参事官だった。そして田島は、ガサ入れの際、その証拠をつかむように命じられていたのだった。

果たして裏帳簿を発見した田島は監察に提出した。そこにはイニシャルであったり、暗号のような表記であったりしたが、内部調査で当時からマークしていた捜査員のリストと照らし合わせ、特定していった。

そのほとんどが組対に所属していたのだった。

彼らは調査の対象にもなったが結局は証拠が不十分で処分は保留。田島は濡れ衣を着せた張本人、そして平気で仲間を売るやつだとの噂がまわり、組対以外からも侮蔑の目で見られるようになった。

「ところがです」

木場が、してやったりの顔をする。

「今回、系列の暴力団事務所をガサ入れしたときに秋山警部補の名前があったらしいですよ。とくに川崎の双頭会とは強いつながりがあるようで、限りなく灰色って見方をされてます。もっぱら、次の人事で飛ばされるんじゃないかって話です」

「やった。じゃぁ遠慮なく捜査本部に入れますね」

悪戯な笑みを見せる恵美に、田島は曖昧に頷いた。

3

朝から鉛色の雲が空を隙間なく埋めていた。恵美はそれを確認するようにしばらく見上げてから、世田谷署運転免許更新所のブラインドを閉めた。

部屋の中では、朝一番で連絡をくれた青木がテレビの接続を確認している。

「すいません、お待たせしました。駐車場の防犯カメラの映像です」

田島と恵美は映像を覗き込んだ。画面左下には、事故から十分ほど経過した時刻が表示されている。

「来ました。この人物ではないでしょうか。ベレー帽をかぶっているので頭髪までは確認できませんが」

カメラは駐車スペースの一番奥から、道路に面した料金支払機の方向を写している。大きな手振りで何かを訴えるような仕草を見せるのは石倉だ。この時点ではジャケットを着ている。その手前、背中を向けて男が立っている。

「見てください、ベージュのジャンパーです。チノパンも穿いているじゃないですか、ほら、ここ！」

恵美は、自己流のプライミング効果が確認できて興奮していた。

「こいつが親玉か、ついに姿を見せましたね」

恵美が一時停止させ、モニターに鼻頭をくっつけるようにして言った。

「親玉、というのは？」

田島は青木の怪訝な顔には構わず、映像を進めた。

親玉は毅然とした態度で臨んでいるように見える。まっすぐに腕を横方向に伸ばしているのは、石倉に、駅に行け、と言っているように思えた。

しばらく頭を垂れていた石倉だったが、やがて筋の入った〝気をつけ〟をし、腰からまっすぐに伸びた背中を倒すと、何かを振り切るように走り去った。

ただのおじぎではない。着帽していないときの敬礼だ。

石倉が去ったあと、親玉はしばらくその場に立ち尽くしていたが、やがて振り返った。顔はこちらを向いたが、ベレー帽をかぶっているためによく見えない。

画面では一番手前のスペースに駐車していた車に乗り込んだが、そのあと、なかなか発進しなかった。なにかトラブルでもあったのかと思ったが、二分ほどして、ようやく車を出した。

「ナンバー、見えますか」

一時停止してもらったが、解像度がそこまで高くなく、はっきりとは判別できない。

「数字が三桁、７０３ですかね」

それがやっとだった。他の文字は不鮮明な画像に埋もれて判別することができなかった。

「ですが、車種はわかりますのでNシステムで追ってみます。ここからだと下馬（しもうま）方面、もしくは龍雲寺（りゅううんじ）から環七に入るか、または駒沢（こまざわ）通りに出る感じだと思いますので」

　青木は部下に指示を出すために離席した。

「田島さん、どう思います」

「石倉は敬礼していましたね。ということは、この人物も自衛隊関係者かもしれません。毛利さんは？　何か感じましたか」

「この人はなんか冷たい感じがしましたね。動揺していた石倉と違って、坂本が死んでも関係ないっていうふうに見えました」

　恵美はここで声を落とす。

「この親玉が石倉に追わせたんでしょうか。そして坂本を追い詰めた」

「かもしれない、ですね」

「追い詰めて、結果的に事故にあったのなら、もはや殺人ですよ」

「まぁまぁ、落ち着いて」

　坂本の実家を訪ねてから、どうやら恵美は母親に同情しているようだった。捜査一課刑事として報いるために、坂本の死に理由を見つけようとしている。

「きっと松井も仲間で、所持品を奪え、とか冷酷に命令したんですよ、こいつ」

田島は小さく唸った。

たしかにそう見えなくもなかったが、そこまでするとしたら、いったい、坂本はどんな秘密を握っていたのか。

「石倉から話が聞きたいところですね」

「でも、また……」

ここから先に行こうとすれば、また協定の壁にぶちあたるだろう。

「朝霞には近づくな、ですからね」

自嘲気味に田島は言ったが、恵美が訝しむような目で見てくる。

「なんです、その邪悪な笑みは」

田島と恵美は車で張り込みをしていた。時刻は午後四時をすこし回ったところだった。

どうやら太陽は一度も姿を見せずに今日を終えようとしているようだと、時折フロントガラスに落ちてきては数粒でまとまって流れていく雨粒の様子を見ながら田島は思った。

「田島さん。やっぱり……何を考えているんですか？」

恵美がため息と一緒に言った。

「なにって、張り込みは刑事の基本ですよ。先輩たちは真相を突き止めるために、それこそ車の中で何日も張り込むことだってあります」

「いや、それはいいんです。あたしが言っているのは、なんでここなんですか、ってことです」

田島と恵美がいるのは和光市役所前で、道を挟んで反対側にはなんの変哲もない団地が並んでいるが、それらは朝霞駐屯地に隣接している官舎だ。

「朝霞には近づくな、って言われてたでしょう」

「それは見方によります。中には入りません。外に出てくるのを待ちます。向こうから近づいてくるぶんには問題ないですよね」

「そんな屁理屈……。で、待っているのは石倉ですか」

「そうです」

「ここから出てくるって決まっているんですか？　今日出てくるってわかっている

んですか？」

「わかりませんよ、そんなの」

恵美が何かを言いかけ、田島はその機先を制した。

「それが張り込みというものです。狭い車内で愛想のない中年男と二人きりというのは居心地が悪いかもしれませんけどね」

「田島さんがそこまで捻くれているとは思いませんでした」

恵美は頰にためた空気を上に向かって吹き上げた。

「では、あたしはコンビニに行ってきます。牛乳とあんぱんは張り込みの基本ですもんね」

「それはドラマの見過ぎです。私は……」

「はいはい、スムージーとエナジーゼリーですよね。あと、もしあれば野菜スティックと、暇つぶしに数独でも買ってきます？」

田島はハッとする。

「す、数独？」

「だって、田島さんの唯一の趣味でしょ？」

言葉を失っている間に、恵美は悪戯な笑みを残して小雨の中を駆け出して行った。

非生産的な時間を嫌う田島が唯一、楽しみのために費やせるのが数独だった。

バックミラーで恵美の後ろ姿を見送りながら、どこで知られてしまったのだろうかと首をかしげた。

それから長丁場を覚悟して、田島はシートをすこしだけ傾けた。

そこに着信があった。原田だった。

本庁を出る前に、ここまでの経過報告書を提出しておいた。

『いま報告書に目を通したところだ』

そのあとに続く言葉が出てくるまでに時間がかかった。きっと、さまざまな思考が入り乱れているのだろう。原田の行動は長い付き合いの中でわかってきているので、田島は口を挟むことなく待った。

『スプリットハーフだ。まずはっきりしていることから聞こう』

「これは殺人事件ではありません。事故直前、石倉は坂本を追ってはいますが、拘束するつもりだったわけでも追い詰めているわけでもないように思えます。事故後の動揺ぶりを見ても、事故はあくまでも予想外だったのだと思います」

『わかった。つまり、この時点で殺人班が出る幕ではないということだな』

「はい。ふたりの間に何があったにしろ、あれはあくまでも事故です」

『そうか、すまなかったな。交通課の老兵の直感ってやつで騒がせてしまった。本来なら所轄内でかたづけておく内容だな』

「しかしながら」

田島は青木の顔を思い浮かべた。わずか二日前のことなのに、ずいぶんと遠い日々のように感じられた。

「青木さんの違和感というのはアタリだと思います。漠然としていますが、良からぬ何かが隠れているような気がします」

『それが、この初老の人物か？』

「はい。現在、車のナンバーから身元を追ってもらっています。ただ、映像から推察しますと、この人物も自衛隊関係者であると思われます」

『自衛官が三人集まってなんの用だ』

まだ憶測ですが、と前置きをして続けた。

「被害者の坂本を、他の二人は説得しようとしていたのではないでしょうか」

原田の唸り声が聞こえた。

『事故後、坂本の所持品の一部が回収されたということだったな。そのことと関係があるのか？』

「おそらく」

『そして、その所持品は警務官によって回収された、と』

「そのとおりです」

田島は松井の得体が知れない分厚い存在感を思い出した。

『坂本、石倉、そして警務官。それぞれはどんなつながりがあるんだ』

主婦が乗る自転車の列が横を通り過ぎていったので口をつぐむ。バックミラーを見て、なにも映っていないことを確認してから続ける。

「坂本は丸山という人物と会おうとしていました。普段から面識のある人物ではないと思われます。つまり、第三者に喋られると困る情報を持っていたのではないでしょうか。石倉と警務官は、それを止めようとしていたのではないかと」

『石倉と警務官は同じ命令のもとに行動していたということか』

フロントガラスの上で重なっては落ちていく雨粒はさっきよりも多くなっていた。それを眺めながら、考えを整理する。

「いえ、あくまでも私の印象ですが、石倉と警務官は別行動ではないかと」

『根拠は？』

「坂本と石倉は同じ時期にＰＫＯに派遣されています。坂本の母親の話ですと、気心の知れた間柄だったということなので、あくまでも仲間として止めようとしていたのではないかと思います」

『なぜ止める？』

「たとえば、それが上層部の怒りを買うようなことだったとしたら」

『たとえば、どんなことだ』

「上官の不倫疑惑や隊内での不正・セクハラなど評判を落とすようなことから、果ては国家機密まで可能性はさまざまです。いずれにしろ警務官が所持品を回収するくらいですから、よほど都合の悪いことなのだと思います」

『ふん、なるほど。だが、確証はないな』

「はい、まだ十分な検証ができていないというのが正直なところです」

『その十分な情報を得るためには、さらに一悶着（ひともんちゃく）が起きるかもしれないってことだな』

「そのとおりです」

『で、お前はいま、まさに一悶着起きそうな現場にいる。それで俺からの免罪符が欲しいということなのか』

「さすが、お察しのとおりです。しかしですね」

『うん？』

「原田さんが私に話を持ってきた時点で、これは正規の方法ではなく思い切りやれってことじゃないんですか」

　原田の笑い声が聞こえてきた。

『自惚(うぬぼ)れられるようになったら一人前だな』

「いままでも妙な案件ばかり持ってきては、私に引っかき回させてますよね。そのたび私は嫌われ者になっています。まるで特命係みたいだなと嫌味を言われることもあります」

　受話器の向こうに、原田の苦笑が見えるようだった。

「暴力団への内通の件、あれも原田さんのご指示でした。まぁ、表向きこそシロと言われていますが、裏ではちゃんと処理していただいているんですよね」

『ああ、お前の努力は無駄になんかなっていない。むしろ、組織の浄化に一役買っている。吉田(よしだ)刑事部長も一目置いてくれている』

　ふうっと息を吐き出す音が受話器から漏れる。タバコを吸っているようだ。

『なぁ、田島。世の中には目に見えない流れとでもいうのか、そういうのがあるだろう。何事も起きないものもあれば、意外なところにつながっているものもある。警察、とくに捜査一課なんて、行動するのは事件が起こってからだ。しかし直接的であれ間接的であれ、未来の事件の芽を潰せるなら潰したい。それで救われる人がいるってことだからな。起きてしまったものでも、真実を明らかにすることで将来的に救われることもある。そういう流れを感じるとな、見たくなってしまうんだ。お前には、その力がある』

原田はそうやって、組織全体としては追えないようなことを、事件の隙間を狙って田島に頼んでくる。

「おかげで私はあちらこちらに嫌われていますが」

八木のように直接の部下がよくわからない捜査をしているのが気に食わないというのは理解できるが、会ったこともないような者たちからも敬遠されるのには閉口する。ひょっとしたら、それは後ろめたいことがあるからなのかもしれないが。

『しかしなぁ、そこはお前のコミュニケーション能力にも問題があると思うぞ』

そのとき、助手席のドアがいきなり開いて恵美が顔を見せると、コンビニの袋を助手席に投げ入れた。しかし乗り込む気配はない。

「田島さん、石倉です」

示された視線を追ってみると、門から男が出てきたところだった。たしかに石倉だった。傘を手にしてはいるが、小雨のせいか、まださしてはいない。黒いこうもり傘ともうひとつ。黄色い小さな傘を束ねて持っていた。

「原田さん、石倉です」

田島はそれだけ言うと指示を待った。

『わかった。行けるところまで行け。福川一課長には俺から話しておく』

その言葉を聞くなり、田島は車を飛び出して石倉を追った。恵美も後に続く。

昨日会ったときの石倉は背筋の通った姿勢だったが、いまは視線を軽く落とし、どこか猫背になっている。

雨は弱まったとはいえ、空は黒い雲が蓋をしており、夕刻ということもあって空気はさらに冷たくなっていた。

人気の途切れた頃合いを狙って間合いを詰めた。

「石倉さん、こんにちは」

振り向いた石倉は、不意を突かれて毅然とした態度をとるタイミングを失ったのか、不安げな色を隠しきれず、明らかに動揺していた。

「な、なんですか」

「おや、お子さんのお迎え……ですか？」

小さな黄色い傘を見て言った。

「え、まぁ。この先のコミュニティセンターで習い事をしてまして」

今日は何を聞きに来たのかと探るような目をしている。

「では、歩きながらで構いませんので、すこしお話をさせていただいてもよろしいでしょうか」

「任意ですか。でしたらお断りします」

背を向け、さっきよりも早足で距離を取ろうとする。その背中に声をかけた。

「松井さんに、そう言えと指示されているんですか」

なおも足は止まらない。田島は離れた分だけ音量を上げた。

「坂本さんの声を届けなくてもいいんですか」

反応してはいけないという意識に逆らうように、石倉の足は三歩で止まった。田島はゆっくりと横に並ぶと、語りかけるように言った。

「あれはたしかに事故でした。坂本さんが赤信号で国道を無理に横断しようとしたことが原因です。あの交差点の構造も災(わざわ)いしました。路上駐車の車両もあって見通しが悪かったし、運転手は黄色信号を通過しようと車を加速させていた、など。さまざまな不幸な偶然が重なったものです。あくまでも事故、書類上はそれで進んでいます。そこにはあなたの名前が出ることはない。あなたの生活が今後変わることもない。あなたに責任は一切無い」

石倉は黙って聞いていたが、何かから逃れるようにまた一歩を踏み出した。田島がすばやく前に回り込むと、怯えるような目を向けてきた。次の言葉を聞くことを、恐れているようにも見えた。

「どうして坂本さんは飛び出したんでしょうか」

石倉の肩がわずかに震えた。

「小さな道ならともかく、危険を覚悟で赤信号を無視するとしたら、それなりの理由があると思います。よほど急いでいたか、それとも追われていたか。それはまだわかりませんが、母親は知りたいでしょうね」

石倉がハッとしたように顔を上げた。

「我々は坂本さんのお母さんにお話を伺いました。あなたも千葉の実家まで行かれたことがあるそうですね。仲良くしてくれたと感謝なさっていました」

再び視線を逸らしたが、田島はかえって自分のほうに向いた片耳に言葉を投げ込んだ。

「単なる事故であったとしても、彼がどう生きたのかを考えるとき、赤信号を渡ろうと思った彼の心理はどうだったのか。その行動はなにを意味しているのか。お母さんは、事故には納得されていますが、その背景を知りたいと思っておいでです。それは、愛する息子さんの最後の声だと言ってもいいからです」

石倉は手にした黄色い傘を見つめていた。

「石倉さん、私は、さまざまな事件や事故に関わってきました。でも、人の死に意味がないなんてことはひとつもなかった。坂本さんの死も同じだと思っています。彼には彼の――」

「……パニック」

石倉がつぶやいた。

「え、なんですか？」

「あいつが飛び出したのは、パニックになっていたからだと思います。それは、僕の……せいなんです」

石倉はうつむいたまま肩を震わせていた。二本の傘はひとつになってしまうのではないかと思うくらい、強く握られていた。

「どういうことなんですか？」

石倉の体は、初めて会ったときと違い、ずいぶんと小さく見えた。

「言い合いになりまして……それで、飛び出したあいつを追いかけて襟を摑んだんです。あいつは振りほどこうともがきながら、僕を殴りました。訓練で体に染み付いていた自然な反応です。僕は尻餅をついてしまいましたが、怪我をするほどではなかったんです。でも、これは傷害案件だから、警務隊に報告すればお前を拘束できる、と言ってしまったんです。そしてお前のやろうとしていることは正義じゃない、間違ってる……と」

恵美が眉間に皺を刻む。なんのことを言っているのか理解が追いついていないのだ。それは田島も同じだったが、それがなんにしろ、本人が煩悶しているなら結論を急いではならない。すべて残らず吐き出してもらい、それをあとで、こっちで整理すればいい。

周囲を見渡すと何人かの通行人がこちらに注目していた。落ち着いて話せるところがあればと思ったが、すぐには見つからなそうだったし、いますぐ聞いておきたい気持ちが強かった。ある意味、コントロールを失った状況のほうが真実を口にしやすい。

「いったい、お二人の間になにがあったんですか」

「あいつは……ある情報をジャーナリストに話そうとしていました」

「ジャーナリスト？」

田島は恵美と頷き合い、うつむいていた石倉の顔を覗き込んだ。

「それは、丸山という人物でしたか？」

「たしか、そうです。僕たちはそれを止めようとしていたんです」

僕たち、のもう一人は、あの初老の男のことだろう。

「つまり、その情報が漏れるのを防ぐために、ということですね」

「そうです。彼が悩んでいるのは知っていたのに、それなのに僕はあいつを責めた。あいつが飛び出したのは、怒ったからじゃない。パニックになったからだったんですよ。その原因をつくったのは……そんなつもりはなかったのに」

いまだに話が見えなかったが、横では恵美がメモをとっていたので、そのまま話を続けることにした。

「その情報というのは、なんだったのですか？」

石倉は眉尻が下がった顔を上げたが、重力には逆らえないとばかりにうなだれた。

「もしそれが、本当に国防に関するもので、我々が聞くことが許されないものであれば無理にはお聞きしません。ですが、少なくとも坂本さんはそれで命を落とすことになった。彼の死に理由があるなら、どうか、聞かせてほしい」

石倉は固く目を閉じたが、ふうっと息を吐いて再び顔を上げたときは決意に満ちていた。

「どこから話せばいいのかわかりませんが、これには——」

声が固まった。視線は田島の背後を向いている。それをたどって振り返るなり叫び声が飛び込んできた。

「石倉ぁっ！」

松井だった。その背後に続いていた二人の男が石倉を両側から押さえ込み、田島のすぐ前には動きを封じ込めるように松井が立ちはだかった。お互いの顔は、鼻がくっつきそうなくらいに近かった。

「田島さん、これはどういうことですか。朝霞には近づかないようお達しがあったはずですが、まさかお聞きになっていないなんてことはないですよね」

松井は冷静を装っているようだったが、その顔にひと針刺せば途端に破裂し、内なる鬼が飛び出してきそうだった。

「あくまでも朝霞駐屯地内に入るなということで、地理的に近づくなということではないと理解しています。〝お達し〟には人の行動を制限するような法的根拠はありませんよね。それとも私の人生から練馬区や和光市に立ち入る権利を奪えるとでも？」

「あんた、面白いこと言いますね」

「顔は面白くないですけどね」

横から恵美が茶化す。だが、それは自身の存在を示すことによって田島へ援護射撃をしようとしているということで、田島ははじめて相棒の存在を心強く感じた。

「前にも言ったはずです。石倉は我々の先着案件です」

「任意でお話を聞いただけです。それに、石倉さん自身のことを聞いたわけじゃない。我々が知りたいのは坂本さんのことです。まさか、交通事故死亡者に対してまで先着特権があるとでも言われるのですか？」

松井は首をわずかに回して、背後で石倉が車に乗せられるのを確認して言った。

「ともかく、この件は正式に抗議させてもらいます」

立ち去りかけた松井に田島は言った。

「我々警察の捜査のモチベーションはなんだと思います？　それは〝不可解な行動〟です。なにかを隠そうとしたり遠ざけようとしたりするものは、それが組織であれ個人であれ、刑事を駆り立てます——」

松井が振り返った。すでに内なる鬼を隠そうとしていない。その鬼に向かって、田島は静かに言った。

「進む道は間違っていない。真相を暴いてやろうってね」

無言の時間が流れ、やがて松井が決して友好的とは言えない笑みを浮かべた。

「まぁ、せいぜい頑張ってください」

車に戻るなり恵美が言った。

「あいつ、すげームカつきます……けど」

田島はエンジンをかけ、シートベルトを締める。

「けど？」

「田島さん、なんか、嬉しそうな顔してますね」

それには答えず、頭を掻く。

「それって、あれですか。さっき言ってた、刑事を駆り立てる、ってやつ？」

「まぁ、遠からず近からずです。妨害が入るということは、その先に真実があるということです。自衛隊は何かを隠そうとしていて、それを知るものはほんのわずか。それでも嬉しいのは、その中には良心の呵責に悩む人もいるということです」

「それが、坂本であり石倉ってことですか」

「可能性はあるかと思います」

「あ、そうだ。これ、差し入れ」

恵美がコンビニの袋を手渡してくる。

「ああ、あとで食べます」

「いま見て」

「え?」

恵美は得意そうに鼻を蠢かす。

袋の中を覗き込んでみると、リボンが付けられた小箱が入っていた。

「義理ですよ、義理。どうせ貰えなかったでしょ」

その意味に気がついて、腕時計で日付を確認する。

「あの、ひょっとしてバレンタインデーのことですか。でもそれって昨日ですけど……」

「そんなのわかってますよ。レジで安くなってたんで買ってきてあげました。だから義理の感情も半額ですから」

田島は、自分は臨機応変に対処できるほうだと思っていたが、ここまでくるとどう反応すればよいのかわからず、小箱を見つめてただ固まるしかなかった。

指導係の動揺を見て取って満足したのか、恵美が本筋に戻した。

「でも疑問です。坂本が良心に従ってなにかを暴露しようとしたとしても、石倉はなぜ止めようとしたんですか。仲は良かったんですよね。友人として理解していなかったんですか」

慌てて小箱を後部座席の自分の鞄(かばん)に入れながら、的を射た疑問だな、と思った。

「そうですね。たとえば、友人を守ろうとしたとか」

「つまり……情報を漏らすことで友人が危険な目にあうとか、処分の対象になるのを防ぎたかったたってことか……なるほど。他には？」

「え、他？」

予想外の切り返しに田島は焦った。

「いや、他にはまだ思いついていませんけど」

恵美はこの世で最も意外なものを目にしたような顔をした。

「えー、田島さんって、論理的な思考で行動してそうなイメージでしたけど、けっこう、カンとかで突っ走るタイプなんですね。石橋を叩いて渡るくせに地雷を踏んじゃうというか」

「勝手に人を判断しないでください」

田島は車を急発進させた。

「でも石倉さん、大丈夫かなぁ」

恵美がぼそりとつぶやいた。

「子供もいるんでしょ。なんか降格とか、無人島に左遷とかされなければいいなぁ」

田島はふと我にかえった。そういえば、これまで〝後〟のことを考えることなどなかった。今回の件であれば、いま毛利に言われるまでは、真相を聞き出すことを優先して、石倉がその後どうなるのかまでは考えていなかった。

ちらりと横を窺う。毛利はこう見えても人情深いのだろうか。それとも自分は、捜査対象は人ではなく単なる情報だとしか捉えていないのだろうか。

「おそらく……」

自衛隊の規則について深く知っているわけではないが、田島は人情を取り戻そうとするかのように、しばらく推し量ってみた。

「我々に何を喋ったのかは追及されると思いますが、拘束などはされないと思います。左遷とか降格についてはなんとも言えませんが」

「あの、いっこいいですか」

恵美は書類に目を落としていた。赤信号で停車した際に見てみると、坂本の事故調査報告書だった。

「ちょっと気になることがあるんですけど。ここ」

切り替えが早いな、さっきの自分の言葉は聞いていたのだろうか、と思いつつ田島は確認する。

「所持品ですか？」

「ええ、実家で見せてもらったとき、週刊誌がありましたよね。よく見てなかったですけど、『週刊講話』だったような」

「そうだったと思います」

「すごくなんとなくなんですけど、ああいうのを買って読む人って、オヤジじゃないですか？」

青信号に変わり、アクセルを踏む。

「そんなこともないでしょう。若くても買う人はいますよ」

「ふーん。ちょっと意外な気がして。あとですね、あれって最新号じゃなかったような気がするんです」

「え、そうなんですか？」

「表紙にアイドルの不倫疑惑の文字があったんですけど、あれが盛り上がっていたのはけっこう前だったのに、なんで今さらなんだろう、って思ったんです」

田島はハザードランプを押し、路肩に滑り込んだ。それから携帯電話を掴むと、坂本の実家に電話をかけた。

「突然すいません、昨日お伺いした警視庁の田島です――」

所持品にあった週刊誌の名前と発行日を聞く。礼を言って通話を終わらせると、恵美に向かって言った。

「アタリです。彼が持っていたのは『週刊講話』。去年の十二月に発行されたものでした」

「つまり、二ヵ月も前の雑誌をわざわざ持ち歩いていたのは、その号に意味があるってことですね」

「そうなりますね」

「中身を見なきゃですね。行きますか、千葉へ」

田島は腕時計を確認する。

「いえ、すぐ近くで確認できますよ」

「近くって？」

あたりを見渡す恵美に笑みを浮かべながら、再び車を走らせる。

「警視庁の近くですよ。いまからなら間に合うかな」


国会議事堂の横にある国会図書館には、国内で流通したあらゆる出版物が保管されていて、週刊誌も閲覧することができる。

カウンターで手続きを行う。平日の閉館間際だったが利用者は多く、しばらく待たされた。

「へぇー、ここはじめて来ました」

恵美は好奇心旺盛にあたりを窺っている。

「最近はネットで何でも調べられる時代ですが、活字として世に出たものすべてが調べられるわけじゃない。時として重要な手がかりを見つけられることもあります」

ほどなく呼び出され、目的の『週刊講話』を受け取る。テーブルに置き、両側から覗き込んだ。

坂本はなぜこれを持っていたのか、その意味を探すために一ページずつ調べていこうと思ったが、そうするまでもなく目的のページが見つかった。

目次に、自衛隊関連の記事が大きな見出しと共に記載されていたからだ。

目を通してみると、ＰＫＯの任務地である中央スーダンの治安の悪化に対し、安全だと繰り返すだけの防衛大臣や政府に不信感を持っているような記事だった。

この記事を書いた人物によると、情報請求をしても「存在しない」とか「その資料は廃棄された」という回答や、要所要所が黒塗りされた〝のり弁〟のようなものしか出てこないため、何かを隠しているのではないか、と書いてあった。

「田島さん、これ」

指を置いたところに記者の名前があった。

「……丸山一（はじめ）」

あの日、坂本が会おうとしていた人物だ。

しかし、坂本はなぜこの雑誌を持っていたのだろうか。この記者になにか情報を提供しようとしていたらしいが、この記事に関連することなのか。

それにしても、警務官が出てきてそれを止めようとしているのはなぜだ。なぜ？　が多すぎる。

田島は、あの〝分厚い〟松井の存在を思い出した。松井は松井で、いったい何を守ろうとしているのか……。

「とりあえず、この記事をコピーして、至急、丸山さんにアポを取りましょう。明日にでも話が聞けるといいですが」

どこか熱気を帯びている田島を見て、恵美が心配そうに聞く。

「ちょっと、田島さん。いいんですか？　ぐいぐい首をつっこんでますけど」

すると田島は、そんなことを言われる心当たりは無いという顔を見せる。

「だって、言われたとおり朝霞には近づいていないでしょ」

恵美は頷きながら、愉快そうに笑った。

4

丸山とはすぐに連絡がつき、翌日の午後三時に池袋の喫茶店で待ち合わせることになった。

桜田門から池袋までは、東京メトロ有楽町線で乗り換えなしで行くことができる。余裕を持って電車に乗ったつもりだったが、信号故障の影響でダイヤが乱れ、約束の時間ギリギリになってしまった。

せっかくの情報源に帰られでもしたら大変だと池袋の街を走ったが、当の丸山が現れたのはさらに十五分を過ぎてからだった。

喫茶店に現れた丸山は、ずんぐりとした大きな体に大きく膨らんだバッグを肩から提げ、狭いテーブルとテーブルの隙間を体をねじりながらやってきた。

カーキ色のミリタリーコートの裾(すそ)がテーブルに広がって客たちが嫌な顔を向けるが、本人はまったく意に介さないようだった。

「いやぁ、どうも。丸山です」

遅刻したことを悪びれることもなく、天然パーマと髭が無精に伸びた丸顔を向ける。

「捜査一課の田島です。こちらは同じく毛利です」

「どうも、毛利です」

恵美は無駄に走らされたことが気に入らないようで、愛想がない。田島は名刺を交換したが、恵美は受け取っただけだった。

丸山に気にする様子がないので、速やかに本題に入った。

「坂本さんとお会いになる約束をされていたということで間違いないでしょうか」

「ええ、あの日いらっしゃらなかったのでどうしたんだろうって思っていましたが、事故で亡くなっていたということを後で知って驚きました」

丸山はジャーナリストらしく、頭の中でストーリーを組み立てていたようだ。表情にどこか邪(よこしま)な色が透けて見えたような気がした。

「で、捜一さんが出てくるってことは、ただの事故じゃないと?」

「いえいえ。誤解がないように申しておきますが、あれは事故で間違いありません。我々が調べているのはそれとは別のことなんです」

「どうせ、教えてもらえないんですよね」

「すいません、いまの段階では」

丸山は首をぐるぐると回した。骨の鳴る音がここまで聞こえた。

「でもまぁ、警視庁さんにはいろいろお世話になりましたんで、協力はさせていただきますよ。そのかわり、よいネタがあったら教えて下さいね。それで、何をお知りになりたいんですか」

「まず、どういう経緯で坂本さんと連絡を取られるようになったんですか」

注文したウエイトレスの後ろ姿を眺めながら丸山は続けた。

「あちらからですよ。なんでも私が書いた記事を読んだとかで、出版社を通して電話がかかってきたんです。詳しくは実際に会って話したいということでしたが……」

ここで丸山は周囲に目をくばり、わずかに前のめりになった。

「中央スーダンでのＰＫＯ、あそこで何かあったらしいんですよ」

「治安が悪化しているというニュースを見たことがありますが、でも、とくに問題は起こっていないですよね？」

「だから、ですよ」ソファーの背もたれに体をうずめた。「だから怪しいじゃないですか。実際に現地に派遣されていた現職自衛官からコンタクトがあって、私の記事を見て話したいことがあると言われたら組織ぐるみで何か隠しているんじゃないか、って考えてもバチは当たらんでしょ」

ジャーナリストの中には記事が目を引き、明日の飲み代になりさえすればいいと考える者もいる。とくにフリージャーナリストというのは資格があるわけでもなく、自分でそう名乗ればなれるので、その資質に疑問符をつけたい者もいる。

丸山はどうだろうか。記事が面白おかしくなればいいとだけ思っていないだろうか。興味本位で無責任な脚色をしないだろうか。

恵美も同様に考えているようで、背もたれに体を預けたまま細めた目で油断なく観察している。

「坂本さんは、具体的に丸山さんのどの記事に興味を持たれたんでしょうか。そのことについてはなにかおっしゃっていましたか？」

田島は、国会図書館でコピーした雑誌の見開きを広げた。

「ああ、『週刊講話』のやつですね。詳細は聞けていないですけど、この写真に興味を持っていたような印象でしたよ」

毛深い指が記事の中ほどにある写真を指した。

写真の右半分は小高い丘に建つレンガ造りの壁のアップで、いくつか穴が開いている。これが弾痕（だんこん）であることは何度か記事に目を通して知っていた。そして、左奥にはピントが合っていないが、白いコンテナのような建物が整然と並んでいる。記事によると、これが自衛隊の宿営地らしい。

この記事を書いた本人が補足をした。

「去年の九月、宿営地の近くで政府軍と反政府勢力の戦闘がありましてね。自衛隊にはなんの被害もでませんでしたが、これを見るとずいぶん危険なところに彼らはいるということがわかるでしょ」

たしかに、もしロケット弾を持った反政府勢力がこの丘を押さえてしまったら、宿営地は簡単に狙われてしまう。

「この一件は報道され、富田防衛大臣は火消しにやっきになってね、このあと現地訪問してまで安全をアピールしたけど、国会で撤退が論議されるきっかけにもなった」

丸山はおしぼりで顔を拭くと、また前かがみになって小声で言った。

「坂本さんはね、どうやらこの一件についてなにか知っているようだった」

「報道されていない、なにか、ですか。見当はついているんですか？」

「イズミヤ文書、かなと思っている。ええっと……あ、これ」

記事の上で躍らせていた指が一点を指した。

「情報請求しても出てこなかったと書かれていますね」

「そう、もう廃棄してしまったと言われてね。この文書の存在を知ったのは、別の資料を請求したときに目にしたからなんです。士官の申し送りの中に、『イズミヤ文書に関する指示を徹底』と書かれていたんですよ。それで気になって請求したわけだが」

「廃棄された、と」

「ええ。ほんの数ヵ月前のことなのにさ、普通、廃棄する？　ますますおかしいでしょうよ。それで問い詰めたら、『あれは大臣訪問時の献立だった』と吐かす」

田島はコーヒーをかき混ぜ、息をついた。

「しかし、本当かもしれないじゃないですか。自衛隊が嘘をついてまでなにかを隠しているという証拠はない」

熱が入っていた丸山はがっかりしたような表情でソファーに深く掛け直した。しばらくおしぼりを手で弄んでいたが、それをテーブルの端に投げると、また前のめりになった。

「もうひとつ。去年の九月、富田大臣は現地訪問の直前、体調不良により出発を延期している」

分厚いバッグから、同じように膨れた手帳を取り出してめくった。

「風邪をひいて四十度近い熱が出たそうだ。結局、現地訪問できたのは一ヵ月半後の十月。当初二泊するはずだった滞在予定も一日で切り上げている」

「それが、どうかしたんですか」

「もともと現地を視察する予定は、あの戦闘があった日だったんだよ。これって偶然だと思うかい？」

弾痕のあるレンガの写真を指差す。

「つまり……富田大臣は、危険を察知して予定を遅らせるまでしたのに安全だと言い張っている。そして、坂本さんはその実情を知っていた、と？」

「どうです、やっぱり事故かどうかも怪しいって思ってきたでしょ」

田島はきっぱりと言い切った。

「先ほども申しましたけれど、あれは事故です」

「本当ですよ。私も調べましたんで」

恵美の追い討ちは、説得力になにも寄与していなかったが、いままで黙っていた女がいきなり口を開いたので丸山はすこし驚いたようだった。

わずかに開いた間に田島は言った。

「仮に大臣が仮病を使ってまで訪問を遅らせたのだとしても、そのことをリークしようとしていた現職自衛官を事故に見せかけて殺しますか。ありえません」

呆れたような笑みを浮かべた田島に、丸山は降参とばかりに手を上げた。

「いずれにしろ、私は情報提供を受ける前でして、彼がなにを言おうとしたかはわからないんですよ。ただね、私を訪ねてくるはずだった人が死んだ、というのは、意味があるような気がしてならんのですよ。これはジャーナリストだから勘ぐるということではなくて、人間が死ぬってさ、やっぱりデカいことなんだよ」

丸山からはジャーナリスト特有の狡猾(こうかつ)さが感じられるが、だからといって何かを出し惜しみしているとか、そんな印象はなかった。むしろ、自分に情報提供しようとして死んだ男を警察が調べている。その背景を知りたいと純粋に思っているように感じられた。

「ちなみに、自衛隊関連で他に記事にされていることはありますか」

丸山は太い眉を曲げながら腕を組んだ。

「山ほどありますよ」

「情報を流すとしたら、相手がどんな記事を書いている人間なのか知ろうとすると思うんです。たとえばどんなのがありますか？　とくに朝霞駐屯地でのこととか」

丸山はバッグに手を突っ込むと、クリアファイルを選んでひっぱりだし、中身をテーブルに並べはじめた。ソーサーに載ったコーヒーカップが派手な音を立て、田島と恵美はそれらをテーブルの隅(すみ)に避難させた。

並べられたのは、過去に発表した自身の記事をコピーしたもののようだった。

「最近だと、装備品の横流しだとか、自衛官が起こす犯罪、これには傷害から下着泥棒までさまざま。それから自殺とか。たとえばこれ、十一月末に朝霞駐屯地内で発生した小銃自殺。あまり知られていませんが、銃による自殺は意外と多いんですよ」

ここで丸山は不敵な笑みを浮かべた。

「ま、こんな不祥事関連は警察も似たようなことがあるでしょうけどね」

「否定はできませんね」

恵美は横で、大抵そういうのは男が起こすのだ、というような視線を向けてくる。

「自衛隊に限らず、そういう記事を出すと賛否両論いろいろ意見をもらいましたよ」

記事を斜め読みしながら、意外なほどに記憶に残っていないものだと感じた。

自衛官が小銃自殺した記事を見ていて、警察でも同様の事件が起こっていたことが記憶の奥から蘇ってきた。そのときは大変な事件だと思いながらも記憶からは消えていく。ほんの数ヵ月前のことであっても。

ある交番で巡査が拳銃自殺したことがあった。そのときはやはり組織の上から下まで大騒ぎになる。

しかし、しばらくは原因や責任の所在について追及されるが、再発防止の効果を確かめる前に関連する人物の処分や異動が行われ、事態の収束が図られる。

そのことに対して田島自身も憤りを感じることはあった。ただ解決を急いでいるだけの人事異動ではないのか、と。

しかし、その田島であっても、日々事件を追ううちにその感情はやがて薄れていく。本人が意外に思うほど、あっけなく。

ため息を長めにつき、もう一度、並べられた記事を見た。

丸山が書いた記事、そして坂本が持っていた情報にはどんな意味があったのだろう。

「これらの記事、お借りしてもよろしいでしょうか」

「どうぞ。原本はありますので」

「それと、丸山さん。今日のことというのは」

「もちろん記事にはしませんよ。私が記事にするのは確かなこと、自分で責任が負えることだけです。今日のことも憶測で面白おかしく書いたら楽しそうですが、もう懲りました」

　丸山はこのまま留まって仕事をするというので、礼を言って別れた。

　店を出るなり恵美が田島の袖を引っ張った。

「あの人、陰謀だとか適当なことを書きそう。警察が自衛隊を捜査開始、とか。もっとクギを刺しておかなくてもいいんですか。警視庁記者クラブから追い出すぞ、とか」

「記者クラブにはフリーの人は入れませんよ。それに、あの人は大丈夫だと思います」

「知ってるんですか？」

「話してて思い出しました。あの人、たしかに昔は無責任な記事を書いていたようですが、ある事件に巻き込まれましてね、それをきっかけに変わったみたいです」

「何があったんです？」

「聞いたことありませんか、渋谷で銀行立てこもり事件があったの」

「あ、ありましたね。たしか、犯人は射殺されたんですよね？」

「ええ。丸山さんはあのとき偶然居合わせて、人質になっていたんですよ。ずいぶん怖い思いもしたんでしょう。それからは、けっこう筋の通った記事を書くようになったって、評価は上がっているようですよ」

「へぇー、格好は怪しいですけど」

「まぁ、人は見かけで判断してはいけないということです」

恵美も、見かけによらず有能なのかもしれない。そう思っていると、恵美がにやりと笑う。

「田島さんも、見かけはパリッとしてますけどね」

「ん、どういうことですか、それ?」

「さぁ、どうなんでしょうね」

追及しようとしたところに着信があった。してやったりの恵美を苦々しく思いながら通話ボタンを押す。

『田島さん、青木です。例の〝親玉〟の車が駒沢通りのNシステムにヒットしました。車種も一致していますので間違いないと思います。所有者は次のとおりです』

ペンを持つジェスチャーを恵美に見せ、メモを取らせる。

『堀内信児(ほりうちしんじ)、五十四歳、現住所は世田谷区等々力(とどろき)。詳細は後ほどお送りしますが、田島さん、この人物は陸上自衛隊の二等陸佐で、かつて練馬駐屯地の司令を務めていたほどの人物のようです』

田島の復唱をメモにとっていた恵美がそれを見せてくる。間違いがないことを確認して電話を切った。

「やはり、親玉も自衛隊関係者ですね。しかも司令とは」

「石倉と坂本は、ＰＫＯで同じ部隊だったんですよね。この堀内という人物もでしょうか。現地で何かがあったけど、それが公にされなかったため、坂本はその秘密を暴露しようとした――ということでしょうか」

「その可能性はありますね。ただ、まだ情報が少ないので、ぜひこの人からも話を聞く必要がありそうです」

「この人は世田谷区在住。それなら朝霞には近づいていないですもんね」

「等々力か。さっそく、これから行ってみますか」


冬の桜の木というのは、二ヵ月後に満開の花を咲かせるとは思えないほど生命感がない。日が暮れ、わずかに明るさの残る遠くの空に影絵のように浮き上がる枝は、ますますその印象が強くなっていた。

等々力駅で電車を降りた二人は、等々力渓谷(けいこく)の脇を抜け、その枯れたような枝ばかりの桜の木が並ぶ公園にたどり着いた。その公園に面して堀内の自宅がある。

「とりあえず、誰かはご在宅のようですね」

恵美が身を屈(かが)め、枝の向こうに揺れる堀内宅の明かりを窺い見ながら言った。

「じゃっ、行きましょ」

田島は、足を踏み出した恵美の腕を摑むと、堀内宅とは別方向に歩きはじめた。

「ちょっと、なんですか。こんなときにときめかないですよ」

恵美はセクハラで訴えてやろうかという目で見てきたが、田島はまっすぐ前を見据えたまま無言で歩き続けた。

「どうしたんですか」

角をひとつ曲がって後ろを振り返ると、ぽそりと囁(ささや)いた。

「どうやら先客がいたようです」

「えっ？」

恵美は田島を覗き込むと、小声で言った。

「先客って……あ、まさか警務隊？」

「ええ。おそらくそうでしょう。タバコを吸っていた男は、わざわざ玄関が見える中途半端(ちゅうとはんぱ)な位置に立っていましたし、公園の反対側に路上駐車していた車は、石倉を連行したときに警務隊が乗っていた車種と同じです」

「まじっすかー。どうするんです。今日は諦めますか」

通り過ぎる車のヘッドライトが、恵美の怪訝な顔を照らした。

「てか、いつまで掴んでいるんですか」

田島は慌てて手を離し、恵美はその腕をぐるぐると肩から回した。

「い、いえ。諦めませんよ。別の手を考えます」

「でも、いま行けば、またあの松井くんが立ちはだかるんじゃないですか。勝手なことをするな、って怒られますよ」

「そうですよね……となれば招待してもらうしかないですね」

「招待？　堀内にですか？　どうやって？」

「電話で話してみます。あとは気持ちをわかってもらえるかどうか」

田島は自動販売機の明かりに青木から受け取っていた資料を照らし、堀内の連絡先を確認した。それから恵美を制した。

「毛利さんはここで待機していてください」

「え、なんで？」

「お願いしたいことがあります。あとで連絡しますので」

異議を唱えようとしていた恵美に人差し指を立てて黙らせると、恵美を残し、堀内宅を目指して歩き始めた。幹線道路から一筋裏手に入ると、その騒々しさは大きく減衰する。

歩きながら通話ボタンを押すと、足を四歩分進めたところで相手が出た。

『はい、堀内です』

防犯カメラで見たときの毅然とした印象と違い、優しげで落ち着いた声だった。

「夜分に恐れ入ります。警視庁捜査一課の田島と申します。無礼を承知でお願いしたいことがございます。これから伺ってもよろしいでしょうか」

『構いませんが、刑事さんならわざわざ断りを入れなくても直接来られたらよいのではないですか』

突然警察から電話がかかってきたら、程度の差こそあれ普通は動揺するものだが、堀内の声に揺らぎは感じられなかった。

「そうなのですが、外に出て私を招待していただきたいんです」

『どういうことでしょうか』

「端的に言いますと、私があなたと会うのを邪魔する人たちがいまして」

あぁ、と堀内の声が受話器から漏れてくる。

『それは、表の連中のことですか。なにかトラブルでも？』

やはり、堀内は自分が監視されていることを知っている。そして警務隊もそれを隠していない。

「ええ、少々込み入った事情がありまして」

すこし間があった。

『それで、お話というのは？』

「事故死された坂本さんのことです」

ため息だろうか、吐息がマイクに当たるのが聞こえた。

『あれは痛ましい出来事でした。しかし、捜査一課の方がなぜ坂本君のことを？あれは事故だったと聞いていますが』

「それもまた、長い話なんです」

堀内の柔らかい笑い声が聞こえてきた。

『どうやらあなたは、どうしても私と会わないと気が済まないようですね。たとえ電話で終わる話であったとしても、ね』

田島の目的のひとつは、話を聞いて情報を収集することだったが、それだけであれば会う必要はない。むしろ堀内という人物を理解するための訪問であったが、それを感じ取られたようだ。

　これまで多くの人間と接してきたが、こういうタイプは油断できない。柔和な声の印象だけで堀内の人格を判断していたら、ほんのわずかな隙をついて一刀両断にされそうな気がした。

　だから、田島も正面から向き合うことにした。

「はい、そのとおりです。直接会ってお話ししたいのです」

『なんのために、でしょうか』

「あなたという人物を理解するためです」

『理解してどうされます』

　まるで禅問答をしているようだった。

「私は坂本さんという方を書類の上でしか知りません。その書類には、赤信号で車道に飛び出したことにより車に撥ねられた、としか書かれていません。私が知っているのは、それだけなんです。彼がどう死んだのか、これについては詳細な調査報告があります。ですが、どう生きたのかは知らない。私はそれを調べているんです」

『なぜ、その必要があるのですか』

「冷たく、薄暗い国道で死んだ彼の、最後の声を聞くためです。両側はビルに挟まれて、上には首都高速道路が走っているので、横たわっても、空も見えなかったかもしれません。そんな最後の刹那(せつな)、何を思ったんでしょうか。堀内さんは聞きたくありませんか、彼の最後の声を」

角を曲がり、公園が見えてきた。

『私に会えばそれがわかるとでも言うんですか』

「はい。そのためには、あなたのことを知る必要があると思っています」

そのとき、暗がりから男が現れた。いつのまにか後方に一人回り込まれている。そしてひときわ大きな影が、田島が堀内宅へ向かうことを確信しているかのように行く先を塞いだ。街灯の光がその顔を照らし出した。

「おっと、さっそくお出ましのようです」

『もう、家の前なのですか？』

「はい。どうやら友好的ではない感じなので、ここでいったん、電話を置かせていただきます」

会ってくれることを祈りながら通話を終わらせた。

会いたくなければ家の中で茶でも飲んでいればいい。それが楽な道だ。堀内はどう思っているだろうか。流れに身を任せるつもりなら楽な道を選ぶ。だがすこしでもなにかを変えられるチャンスだと感じてくれたら会ってくれるはずだ。

楽な道か、それとも険しい道か。どちらを行くのか……。

「田島さん、どちらに行かれるんですか」

松井が田島の行き先を尋ねた。あらゆる感情を押し殺した声は、ただでさえ冷え込む夜の空気をさらに冷たくさせた。

ここは隠しても意味がない。顎を振って、行き先を示す。

「堀内さんのところです」

「申し訳ないのですが、堀内も我々の捜査対象なんです」

「どうせ内容は教えてもらえないんですよね」

「ええ。国防に関することですので」

「そうですか、ご苦労様です。では」

脇を抜けようとした田島の前に、松井が舌打ちをしながら回り込んできた。

「だからだめだって言っているでしょう」

松井は腕を後ろに組んでいたが、体を田島にぶつけて抑える。田島もつい肘を使って押しのけようとすると、すかさず腕を摑まれた。振り払おうとしても強靭な腕力で放さない。いつのまにか取っ組み合いになった。

　そこには怒鳴り声はなく、ただ静かに、しかし激しいプライドがぶつかり合っていた。

　田島は振りほどこうとしたが、今度は柔道のように襟を掴まれた。自らの腕を首に巻きつけられるような体勢にさせられ、動きを封じこめられていた。

　田島も体は大きいほうで逮捕術も得意としていた。犯人と格闘になったとき、相手が素手なら簡単にねじ伏せてこられた。

　それなのに松井はびくともしない。まるで岩を相手に組手をしているようだった。

「おやめなさい」

　そこに届いた声に、二人は動きを止めた。

「松井二尉、いいんです。私が呼びました」

　堀内だった。

　電話で話したときと同じくのんびりとした声の持ち主で、カメラ映像で見たときの印象よりも小柄に思えた。

　しかし、厳しい世界に身を置き、信頼を積み重ねた者だけが持つ威厳が、どことなく佇まいに表れているようだった。

「どういうことですか。勝手に外部と接触するなと……」

「彼は友人です。友人との面会は禁じられていないはずですよね」

「本当ですか」

松井は訝しむ目を交互に向けてきたが、どんなにわざとらしい答えであっても否定することができないことを悟り、渋々、手を離した。

「田島さん、さぁ、どうぞ。こちらへ」

田島は皺になった襟を引っ張って伸ばすと、軽く会釈をしながら松井の横を通った。邪魔されることはなかったが、その鋭い目だけは執拗に追いかけてきていた。

田島は玄関をくぐり、ドアが閉まると頭を下げた。

「ありがとうございます。改めまして、先ほどお電話をさせていただきました警視庁捜査一課の田島と申します」

「堀内です。どうぞ、お上がりください」

毛足の長い絨毯が敷かれ、賞状などが鴨居の上を埋め尽くす応接室に通された。

「ご家族の方にご迷惑はかかりませんか」

「いいえ。妻はずいぶん前に亡くなっておりますし、二人の子供はすでに自立してますので」

「では、いまはお一人で？」

「ええ。さぁ、どうぞ」

出された緑茶を、会釈していただく。

「表の監視はいつからですか」

窓の外に目をやりながら聞いた。

「私が更迭されてしばらくしてから、そう、五日ほど前からになりますか」

ということは、監視がはじまったのは事故の後ということになる。

「更迭、ですか」

「ええ。理由につきましては私の判断でお話しするわけにはいかないところがありますので、申し訳ないですが聞かないでください」

どういうことだろうか。堀内自身が不祥事を起こしたのか、それともなんらかの責任を取らされたということなのか。そして、三軒茶屋での一件となにか関係があるのか。

いまは焦らず、事実をひとつひとつ積み重ねていくべきだろう。それをどれだけひっぱりだせるかは、チェスの一手のように、抜かりなくひとことひとことに気を配る必要がある。

田島が頷くと、堀内は探るような声で聞いてきた。

「ところで、捜査一課のあなたがなぜ坂本の事故を？　先ほどは、彼の〝最後の声〟を聞きたいとかおっしゃっていましたが、あれは事故なんですよね」

「はい、それは間違いありません。警察としても、彼の死についてはそれ以上の追及をするつもりはありません。しかし刑事というのは嫌な性格でして、気になることがあると追いかけないと気が済まなくなってしまうんです」

「つまり、事故とは別のところで、なにか不審な点が見つかったということですか」

田島は頭の中で戦略を練っていた。

情報を得るためには、こちらも情報を提供しなければならない。ひょっとしたら、堀内もそのつもりで招き入れたのかもしれない。

ならば、手の内をすべてさらしてしまうことは自分の行く道を閉ざしてしまうことにもなる。一対一で情報をトレードした場合、最終的に得をするのはどっちだ。

まずはわかっていることからカードを切ることにした。

「具体的なことはまだわかっていません。しかし、坂本さんや現場にいた朝霞駐屯地の石倉さん、彼らのことを調べようとすると邪魔が入るんですよ。それは、あなたに会おうとしたいまも同様でした。隠そうとすればするほど、その理由を知りたくなるのは刑事の性と申しますか」

堀内は自身の器量を示すように、大きく頷いた。

「なるほど。それはたしかに怪しいですね。刑事さんになにかあると疑われてもしかたがない。ちなみに、私のところにはどうして……あぁ、防犯カメラにでも写っていましたか」

「そのとおりです」

「しかし、警務隊が邪魔をするのは守るべき情報があるからで、それは警察といえども触れられない類のものかもしれませんよ。もちろん、事件に関わっているのなら話は別ですがね。それに私もあなたが知りたいことを話すとは限らない」

「それが国防上の秘密などであれば私も追及はいたしませんが――」

田島はメガネのブリッジを上げる。そして〝チェスの駒〟を慎重に動かした。

「三軒茶屋のコインパーキングの映像。そこには、毅然とした態度で石倉さんに指示をしているあなたの姿が写っていました」

ああ、あれか。と堀内は頷く。

「それを見て、私の相棒、生意気な女性刑事がいるんですが、彼女はあなたのことを冷たい人間だと言っていました」

堀内は短く息を吐いて笑う。

「自衛隊とはそういう組織です。有事の際、指揮するものは常に冷静でなければならないですから」

「でしたら、歳のせいですか？」

「うん？」

「あなたは泣いていらっしゃいませんでしたか？　車の中で体を丸めて」

あのとき、車に入ってから何をしていたのか。わずかに揺れる影を見ていて田島は思ったのだ。泣いているのではないか、と。たとえ毅然とした態度を見せなければならない立場であっても、人間性まで捨てられるわけではない。ひとりになれば感情が表に出る。

堀内は目を細めて田島を凝視する。結局答えなかった。

「あなたに会ったところでお話をしていただけるとは限らない。ですが、少なくとも坂本さんの死に動揺されているのなら、その最後の言葉に耳を傾けようとしてくださるのではないかと思ったのです。いえ、彼が何を言いたかったのか、あなたはすでにご存じなのかもしれませんが」

　堀内は、曖昧な笑みを浮かべていた。それがどういう意味なのか、田島にはまだ判別できなかった。

「堀内さん、坂本さんや石倉さんとはどのようなご関係なのかお聞かせ願えませんか？　ただの部下にしては年齢も階級も離れすぎているようにも思えますが」

　堀内は回顧するように目を閉じ、しばらくしてから口を開いた。

「教え子……といえばいいのか。いや、それも違うかな」

「どういうことですか？」

「かつて、私が練馬駐屯地の司令をしていたころ、そこに所属する自衛官が勉強会を開いていたことがあるんです」

「勉強会、ですか」

「ええ、もともとは数人の隊員が任務時間外に自習するだけの場で、そこに有志の上官らが入って補助をしていたようです。それが次第に国防に関する論議を重ねる場になっていきました。私はそういった活動を自主的に行っているのが嬉しくて、熱心な彼らを激励するために顔を出すようになりましてね」

「指導役で参加されていたということですか」

「いえいえ。私はただその場にいただけです。彼らの自由で活発な意見を邪魔したくはありませんでしたし、それに私などには答えられないような疑問について討論することもありましたので、彼らを導くことなんてできませんよ」

「司令を務められた、あなたほどの人であってもですか」

堀内は、当たり前のことだといわんばかりに、呆れたような顔をして見せた。

「国防については、はっきりした答えがないこともあるということです。さまざまな条件によって、こういうときはどうするんだ。ああなったらどうするべきなのか、と。そこには私の見解など入る余地はありませんよ。正義や大義というのはそのときの状況や見方によって変わるということなのです」

そのときの光景を思い出しているのか、堀内は自身を超えていく我が子を見る親のような目をした。

「幹部も曹も関係なく、活発に発言できる場でした。私はそこに自衛隊の未来を見ました。疑問を持たずに命令に従うだけじゃない。どうあるべきかを考えながら行動することは、まさに未来につながります。〝堀内塾〟なんて言われていましたが、私はなにもしていません。口角沫(あわ)を飛ばして論じる若者たちを見守っていただけです」

「そのメンバーの中に、石倉・坂本両氏もいたわけですか」

「はい、そのとおりです」

「そのお二人と堀内さんが三軒茶屋に集まって、いったいどんな話を」

堀内はまるで苦いコーヒーを飲むように顔をしかめながら茶をすすった。

「すいませんが、それは……」

「機密事項ですか」

皮肉を込めて言ってみた。すると、目尻を下げた優しげな目が途端に鋭くなった。

「いえ、私が躊躇するのは、これをあなたが知ることによって物事が好転するかどうか見極めきれていないからです。いったい、あなたはなにを求めて捜査しているんですか」

堀内も同じだ、と思った。堀内もチェスのように言葉を選びながら探っている。

「真相を知るため、というのは理由になりませんか。あなたからお話を聞くことは、少なくとも正しい道を進むことの手助けになる」

「正しい……。それはだれにとってなのでしょうか。先ほども申し上げましたが、物事の正誤は立場によって変わる」

ここで、堀内の目がより険しくなった。

「坂本君の最後の言葉。ええ、私は知っています。彼がどんな考えのもとに、何をしようとしていたのか。その言葉は大切にしたいと思っています。ですが、いまの私にはだれがその言葉を正しく聞いてくれるのかがわかりません。だから沈黙しているのです」

田島は深く頷いた。堀内の気持ちも、坂本を大切にしている気持ちも理解できる。

ただ、その信頼の輪の中に田島はまだ入っていないのだ。

自分が思う正しい行いが、堀内と同じだということを示していかなければならないのだろう。

再度、茶に口をつけ、居た堪れない無言の時間をすこしでも潤そうとした。

そこで、ふと外にいる松井たちのことを考えた。警務隊は石倉や堀内をマークしているが、それはどんな情報が漏れるのを警戒しているのだろうか。堀内が持っている情報については知らされているのか。

田島は思い立って、国会図書館でコピーした記事をテーブルに置いた。

「坂本さんの所持品の中に週刊誌があり、そこにはこんな記事が載っていました」

　堀内は老眼鏡をかけると、記事に目を通しはじめた。ある程度読み進めたであろうところで、邪魔にならないように声をかけた。

「あの日、坂本さんはこれを持って、あるジャーナリストと会うことになっていました。それはご存じなんですよね」

　あえて、知っている体で聞いた。

「ええ。我々が三軒茶屋で会っていたのはそのためです」

「何を話すつもりだったのでしょうか」

　堀内は文末に記載されていた丸山の名に指を置いた。

「このジャーナリストとお話しされましたか？」

「はい」

「ならばおわかりでしょう。ＰＫＯです」

　堀内は茶で喉を湿らすと、体をソファーに預けた。

「坂本も石倉も過去にＰＫＯでアフリカに派遣されていました。基本的には仲は良かったと思いますが、最近はあることで意見が対立していました」

「どんな内容だったのかは……」

　堀内は苦笑しながらうつむき、首を振った。

「それも、お聞かせ願えないようですね」

「ある情報を公表すべきと考えた坂本と、そうではないとする石倉。これはどちらの言い分も正しかった」

「何が正しいかは見方によって違う……」

「そのとおりです。結局、言い合いになって坂本は店を飛び出した。そして……」

置き時計の秒針が進む音が聞こえるくらい、重い空気になった。

「私が更迭されている理由は〝堀内塾〟なるものが将来ある若い自衛官を急進的な思想に扇動するものだと思われているからです。そんなことは断じてない。私はそう思っていました。しかし三軒茶屋での事故を止めることもできなかった……。それを鑑みますと、そう言われてもしかたがないのかもしれません」

堀内は、記事をテーブルの上で百八十度回し、田島に差し出してきた。

「私がお話しできるのは、この程度です。いずれあなたも真相を知るときが来るかもしれません。そのときは、あなたに〝正しい〟行いができることを願っています」

「それはいったい……」

「先入観を捨てて判断してください。ひょっとしたら表にいる警務隊が正義で、私は悪なのかもしれませんよ」

　堀内は目頭を揉んだ。それが疲れていたからか、それとも潤んだ目を誤魔化すためだったのかはわからなかった。

　やがて顔を上げた。

「彼らによく言っていた言葉があります。“Do the right thing.”。自分の信念において、なにをするべきなのか。しっかり見極めてください。あなたとお話しするのはこれが最後だと思いますので」


　田島は堀内家を辞した。

　ドアが閉まっていく間、室内からの明かりが細く狭まり、再び暗闇に身を置かれるまで田島は頭を下げ続けた。

　いまは氷山の一角を見て右往左往しているだけで、水面下にはまだ想像すら及んでいない世界が隠されている。そんな気がした。

　閉ざされたドアの向こうの堀内のことを考えた。

　堀内はその全容を知っていて、自衛隊上層部から口止めされている。更迭されているのも、その件に深く関わっているからなのだろう。

堀内自身、悩んでいるような印象があったが、それは確信がないからだ。

坂本も石倉も、どちらも正しく、両立の道はない。

どうすれば堀内の心を動かせるのだろう。

「なにを話したんです」

門柱を出た途端、松井がすぐ横に来た。

「なにって、そちらはなにも話していただけないのに、不公平じゃないですか」

「我々は国家機密を取り扱っています」

「なるほど。では、機密じゃないことだけお話しします。釣りと、酒について。あとは年寄りの自慢話と、最近の若者への苦言ですか」

「田島さん。わかっていると思いますが」

「わかりませんね。わかりたくもない」

得体の知れない漠然とした不安。それが田島を苛立たせ、声に表れた。

険しい目で睨んでくる松井を田島はまっすぐに睨み返した。そして三つ数えて視線を外すと、その場を後にした。

しばらく肩をいからせながら早歩きで歩いて見せ、何気なく後ろを確認する。

やはり尾行者がいた。その技術は、並の刑事よりもうまいかもしれない。

油断できないなと考えながら、恵美に電話をかけた。

「出番ですよ。先ほど送ったメールは確認しました？　よろしくお願いしますね」

『やりますけど、いつまでやるんですか、これ』

「まだわかりませんが、長期になるようでしたら応援を送りますんで」

『応援って、どこから来るんですか。うちの班にはいないじゃないですか。田島さん嫌われてるんだから』

「まぁ、なんとかします。ちなみに、こっちにひとりついてきてますが、レベルは相当高いですよ。気を付けて」

『了解ですー』

軽い返事に不安になる。なにしろ、恵美に指示したのは松井の尾行なのだ。

なぜ堀内を見張っているのか。それは逃さないためか、刑事を寄せ付けないためか。それとも……だれかが近づくのを待っているのか。

そして、刑事が堀内に接触した場合、彼らはどう出るのか。

「いまは何をしています？」

『なんか、仲間とヒソヒソ話してますよ』

「了解。ここから先、私からの連絡は控えますが、なにかあったらすぐに電話してください」

『田島さんはどうするんです？』

田島は手首を捻って腕時計を覗き込む。愛用のGショックは午後八時を指していた。

尾行の応援については、同じ班からだれかを出すのは難しいだろうが、一度、直属の上司に話を通しておくべきだろう。

「いったん、浅草に行きます。班長に応援を頼んでみます」

『はーい。あと、万が一、バレたらどうします？』

田島は歩きながら背後を確認した。

やはり、うまいな……。

「そうですね。小細工しても意味がないので、開き直って『田島に命令された』って言ってください」

『了解です。まぁ、バレることなんてないですけどね。あ、動き出しました。尾行開始しますね、じゃ』

通話の切れた携帯電話を眺め、ため息をつく。それから一抹の不安を抱えながら駅に向かった。

浅草署には午後九時をすこし回ったころに着いた。

夜の捜査会議はすでに終わり、会議室は閑散としていた。数人が残っているだけだったが、会いたくないと思えば逆にそうなるのか、秋山がさっそく睨みをきかせてきた。

組対、とくに秋山はこの事件から手を引くと聞いていたが、最後の引き継ぎだろうか。

軽く会釈をして歩を進める。部屋の片隅に怪訝な顔の八木がいて、その八木と話していた木場が田島に気づいて腰をあげる。

「田島さん、お疲れ様です」

田島は手を上げて応える。その横で八木が迷惑な気持ちを隠すつもりがないという顔で腕を組んだ。

「どうした、なんの用だ」

「ちょっと頼みがあって。いま、ある人物を毛利に尾行させているんだが、交代要員を回してもらえないかと」

「はぁ？　そんなことできるわけないだろう」

「まぁ、そうだろうな」

ここで、八木は呆れ顔になる。

「どうせ、お前はそれをわかっていながらわざわざ来たんだろ。このあと原田参事官のところに行って応援を頼むときに、八木には断られました、っていう事実が必要だからな」

図星ではあった。

「電話一本してくれりゃあ、そんなところに組織の義理を持ち込まなくてもいい。原田さんと勝手にやってくれ」

八木は書類をまとめて立ち上がった。

「おい木場、飯でも食いに行くか?」

木場は恐縮するように頭をさげる。

「あ、いえ。今日は軽く済ませようと思ってまして。すいません」

「そうか。こういうのと関わりを持っていたら先がなくなるぞ」

そう言い残し、八木は会議室を出て行った。

すると木場があたりを窺うようなそぶりをしながら、一枚の紙を差し出してきた。

「これ、毛利さんに頼まれてました。班長に見つかると面倒かなと思って」

見ると、松井の個人情報だった。

「これ、どうして」

「調べてくれって頼まれたんです。田島さんが参考人と話すために置いてけぼりにされたって言ってましたけど」

木場の目が笑っていた。

「田島さんがこっちに来るから渡してくれって。ただ時間があまりなくて、まだ基本的な情報しか取れていませんが」

「いやいや、すまない。本部捜査もあるのに。しかも八木の目をかすめてこんなことをさせてしまって」

田島は子供の失態を詫びる保護者のような気持ちだった。

しかし、これから関わりが増えてきそうな相手のことを知っておいて損はない。

松井健。年齢四十二、北海道出身、川越市在住、妻子なし。犯罪歴はもちろん交通違反、携帯電話、クレジットカードの支払い遅延もなかった。

「大変そうですね。いろいろ」

一枚の紙の向こうに、松井という人物を想像していたせいか、眉間に深い皺をつくっていた田島は、苦笑いしながら額を叩く。

「まぁね。もとはといえば押し付けられたような仕事だけど、何かの尻尾が見えると追いかけたくなってしまうんだよ」

「猫みたいですね」

本当だな、と田島は笑った。

「そういえば毛利さんも猫を飼ってますね。たしか〝ぐるり〟っていう名前で、携帯電話の待ち受けになってます」

「よく知っているね。仲がいいのかい？」

「そういうわけでもないのですが、よく使われるんですよ、僕」

木場は人の良さそうな苦笑を浮かべながら頭を掻いた。

だれからも好かれる性格ではあるが、田島としては心配にもなってくる。

「君のほうが先輩なんだから、ビシッと断ればいいのに」

「そうなんですけど、どうもペースを狂わせられるというか、巻き込まれるというか」

「まぁ、それは、わかる気がするよ」

木場は共感できる人物がいて安心したように笑うと、大きく背伸びをしながらあくびをした。

「木場くん、休めるうちに休んでおくのも刑事の基本だよ」

「はい、そうさせてもらいます」

田島は、木場が何かを言いかけてやめたように見えた。

「どうした？」

「いえ、その」意を決したように、小さく息を吐いた。「さっきの猫の話。班長も言っていたな、って思って」

「ん？　ぐるりのこと？」

木場は白い歯を見せて笑った。

「違いますよ、田島さんのことです」

「ああ。すぐに、尻尾が見えると追いかけたくなる、とか？」

「まぁそうなんですけど。ただ田島さんは気まぐれで追いかけるわけじゃなく、それらは暴かなければならなかったことばかりで、雑多な情報の中から本当に大切なことを嗅ぎ分ける能力を持っているんだって」

「八木がそんなことを？」

田島には意外に思えた。

同期として入庁し、ほぼ同じタイミングで昇進してきた。張り合うというほどではないが、ことあるごとに意識され、時に警戒されているような気すらした。

なんの縁か同じ班に配属され、当時の主任が異動するとともに八木がその後釜に収まった。上司と部下という関係になってからは、ざっくばらんに話すことはなくなり、最近は疎遠に感じていた。

「小さなことから大きなものへのつながりを見つけられるやつだって。八木さん、田島さんの前では口には出しませんけど」

「でも、嫌われやすいとも言ってたろ」

木場は苦笑しながら頷いた。

「それで、本部はどうなんだい？」

「あいかわらず渡辺の行方を追っています。あ、そういえば聞いてくださいよ」

今度は眉を思い切り下げる。

「どうした？」

「いえ、つい先日ホームレスの男がここに来たんですよ。金をくれって」

「はぁ？」

「なんでも、聞き込みをしていた刑事に、情報料をやるから取りに来いと言われたらしくて」

「え、だれがそんなことを」

「わからないんです。その刑事は、いまは持ち合わせがないから、あとで浅草署まで金を取りに来いと言ったそうです」

「ここの刑事のだれかが、そのホームレスから金で情報を引き出しておきながら、ケチってツケ払いにしたってこと？」

「そうなんですよ。それで僕が対応させられたんですけど、結局、千円取られました。それだけの価値があったならいいですけど、それがまたよくわからないんですよ」

　木場は後ろ頭を掻いた。

「そのホームレスは、ちょうど事件現場のあたりで寝泊まりをしていたそうなんですが、事件の際、現場には全部で三人いたって言うんです」

「三人？　ということは、被害者の三沢と容疑者の渡辺、その他にもう一人いたと？　顔や声は？」

　木場は両手のひらを上に向けて見せた。

「段ボールの中で寝ていたためわからないそうです。ただ、足音や気配で三人いたことは間違いないって言い張っていました。でも四六時中酔っぱらっているようなやつですから、どこまで当てにしていいのやら」

田島は会議室の中を見渡した。

「そのことは、だれかが会議で報告していたのかい？」

「だれもしていないんです。ですので、信憑性がない情報だったから金をケチったんじゃないかって。そもそも、そのホームレスだって、今さらになって現れたのも怪しいですよね。証言するなら事件直後に言えばいいのに」

「たしかに。そのことについてはなにか言っていた？」

「ええ。事件後、関わりを恐れて寝ぐらを変えていたそうです。あと……」

木場は眼球だけを横に動かして秋山を示した。

「あの人じゃないかって噂もあります。本部を離れるし、特ダネでもないから報告していなかったのではないかと」

「その刑事が秋山警部補だったたっていうこと？」

「噂ですけど。モチベーションも相当下がってますからね。聞き込みって言いながらパチンコしてたって情報もあるくらいです。それなのに今度は二課に異動らしいです」

捜査二課は詐欺や贈収賄など知能犯を相手にする部署だ。

「なんでまた」

「わかりません。二課なんてガラじゃ全然なさそうですけど、だれかの弱みでも握っているのか……おっと」

木場の視線をたどると、秋山が鋭い視線を飛ばしてきていた。

「さて、俺といるせいで君まで嫌われると困るから、早く休みな」

「はい、お疲れ様です」

コンビニエンスストアに行くと言って木場は出て行ったが、田島はそのまま会議室に残った。そしてブラインドの隙間から外を覗く。

浅草署のあるあたりは、この時間ともなれば人気はほとんどなくなる。いまも静かな夜で、とくに変わったことはなかった。

田島は署のはすむかいにある浅草富士浅間神社に目をやった。富士山信仰で造られたこぢんまりとした神社で、地元では〝お富士さん〟と親しまれている。

すると、風に揺れる神社幟の陰に人影を認めた。尾行されているのをわかっていなければ見逃していたかもしれない。

あの場所は、浅草署の正面玄関以外にも、横手にある車両出入り口、両方を監視できる。身を潜めるだけでなく、そういった状況把握の能力を備えているのは自衛隊ならではのスキルなのかもしれない。

ならば、自衛隊では教えないような方法を使ってみるか。

田島はあえて正面から出ると、尾行に気づいていないフリをしたまま千束方面に足を進めた。寂しげな色の街灯に照らされた住宅街の路地をいくつか曲がると、突然ネオンの光が広がる。

吉原だ。

ここは振り返らなくても尾行者の気配をしっかりと感じることができる。影の如くどんなに巧みな尾行技術をつかったとしても、呼び込みには丸見えだからだ。

「おにぃさん、どうです？」

「店決まってますか！」

「チェンジ無制限ですよ！」

田島が通った後で、同じような声がかかっているのが背後に聞こえてくる。その声の間隔で距離を測った。約二十メートル……不意をつけば十秒弱のギャップがあるだろうか。

「どうっすか、お得なショートコースもありますよ！」

田島は話を聞くふりをして立ち止まることで、尾行者の足をも止めさせた。いまは二つ後ろの呼び込みに捕まっている。

「俺の後ろにむっつり男がいるでしょ。あいつは好きだから声をかけてみるといいよ。シャイだから断ろうとするかもしれないけどね」

それだけ言うと、田島はふらりと角を曲がって冷たい地面を蹴った。

吉原は風俗街としてはとくに知名度が高く歴史もあるが、現在は規制が厳しくなっていて、新規開店はおろか改装もままならない。表の華やかさとは裏腹に、建物自体の老朽化は著しいものがあるのだ。

風俗店の裏口に身を隠した。表が明るい分、影が濃い気がする。

そこに地面を叩くような足音に続いて舌打ちが聞こえた。田島がいるところからは通りは見えなかったが、その足音は進んだり戻ったりを繰り返していた。田島は身をかがめて耳を澄ます。

やがて諦めたのか、ため息が聞こえた。そっと覗くと、十五メートルほど先で携帯電話を操作している男の背中が見えた。田島は声を聞くために影の中を移動する。

「すいません。見失いました。ええ、はい、そうです。浅草署にいったん入ったあと、三十分ほどで出てきて吉原に来たのですが、そこで……いえ、店に入ったわけではないようですが」

田島は吹き出しそうになるのを堪えた。

「はい？　そうです。浅草署ですが、どうかしましたか？　いえ、それはまだわからないのですが。え、まさか……。とりあえず戻ります。はい、すいません」

男は早足で来た道を戻っていった。再び静かになった路地に田島は頭を出すと、ジャケットについた汚れを丁寧に叩いた。

さて、恵美は大丈夫か。原田参事官に応援の手配をしてもらう前に、合流してやったほうがいいかもしれない。

恵美に連絡しようと携帯電話を取り出したが、もし尾行中であれば下手にかけないほうがいいと思い直した。マナーモードにし忘れているかもしれないし、着信音をバイブレーションにしていたとしても静かな環境であれば気づかれるかもしれない。ここは待つしかない、か。

松井の行く先としたら、朝霞か、それとも時間的には自宅のある川越だろうか。とりあえず、いったん、桜田門に戻ることにした。

恵美から連絡があったのは夜十一時、心配していた田島は携帯電話に飛びついた。

「毛利さん、どうしました。いまどこです？」

『あ、田島さん、ひょっとして心配してくれていたんですか？』

たしかに心配はしていたが、認めてしまうことは負けることになるような気がしてどう返すべきかと考えていると、いつものダンマリだと思ったのか、恵美は何事もなかったかのように続けた。

『で、いま蒲田なんですけど』

「蒲田ですって？」

朝霞や川越とはまったく逆方向だ。

『それが松井くん、なんか、女と会ってますよ』

「え、女？　どんな？」

女というのが意外だったが、付き合っている女がいたとしても不思議ではない、と思い直す。

『アパートの部屋に入るときにちらっと見ただけなのでよくわかりませんでしたが、歳は私と同じくらいかなぁ。幸が薄い感じでしたけど』

「いま、部屋に入ってどれくらいですか」

『十分も経っていませんから、まだ早いですよね。それとも泊まりかな』

なんの話をしているのか、理解が遅れてやってきた。

「下世話な話は置いて……」

『下世話っていう言葉は、別に下ネタのことじゃないですよ。世間で言われているっていう意味です。試験問題集に出てました』

帰国子女に日本語を指摘され、田島は机に突っ伏した。そのままの姿勢で携帯電話を耳に当てる。

「とりあえず、その住所から身元を割り出しましょう」

『それ、木場くんにやってもらってます』

得意げな声だった。

「なんで木場が？」

『彼、私の言うことはなんでもきいてくれるんで』

「いやいや、木場は君の先輩だぞ。さっきは松井の身元調査までさせていたけど、いまは捜査本部に詰めていて大変なんだ」

『知ってますよ、そんなこと。でも、なにか困ったことがあったらいつでも言ってね、って言われてたんでお言葉に甘えさせてもらいました。それに表札を見て名前も伝えてあるのですぐにわかると思いますよ。で、どうします。このまま張り込みますか――あれ？』

「どうかしました？」

『子供の泣き声が聞こえます』

子供……？

『松井の隠し子ですかね？』

「隠し子もなにも、彼は独身のはずだ」

『独身だって隠し子がいる人もいますよ。ということは、こっちの女がワケありか？　怪しいっすねぇ。〝下世話〟でどう言われているか聞き込みましょうか』

最後に嫌味が含まれているような気がした。

「とりあえず今日のところは帰宅してください。明日の朝、本庁で。今後の進め方を考えましょう」

『よかったー。こんな夜中に女ひとりでいたら危ないですもんね』

そこは心配していなかった。むしろ先を急いでかき回されたくなかった。

通話を終わらせると、田島は腕時計を確認した。

堀内宅がある等々力から蒲田までは、電車で三十分ほどの距離だが、ずいぶん時間がかかったようだ。どこかに寄ったのだろうか？

5

「なんでここなんですか」

翌朝、田島は本庁ではなく、銀座の喫茶店にいた。アンティーク調のインテリアと日当たりの悪さで、まるで夜のようにも感じられる。

早朝に恵美から電話がかかってきて、ミーティングの場所をここにしてくれと指定されたのだ。どっちが指導係かわからない。

「ここのモーニングセットを食べると、テンションがあがるんです」

「モーニングって、朝からケーキですか？」

恵美の前に置かれているのは、紅茶とマロンケーキだ。

「たまに、こういうのを食べたくなるんですよ。何事もルーティンどおりじゃないと落ち着かない田島さんの気持ちはわからなくはないですが、能力を発揮できる状況って人それぞれでしょ。だから指導係はそれに合わせることも大切ですよね」

それは恵美が言うセリフではないのではないか。異議を唱えたかったが、余計にペースを乱されそうだったし、いま起こっていることを早く理解したかったので、そのまま流すことにした。

田島はまず堀内の話をした。

——堀内自身、抱え込んでいるものがあるようだったが、何が正しいのかは見方によって変わるため、すべきことがわからない。そんな印象を持っていた。すべてを語ってもらうには時間をかけて信頼関係を構築する必要があるだろうが、堀内はもう会うつもりはないようだった。

「じゃ、結局なにもわかってないってことですね」

フォークですくい上げたクリームを唇でぬぐい取りながら恵美が言った。

乱雑な言い方だが、そうとも言えた。得るものもあったが、まだ形になっていない。

「それで、松井の様子は？」

恵美は、紅茶に垂らしたミルクをゆっくりと回す時間は邪魔されたくないとばかりに答えなかった。そして田島がしびれをきらす直前、無言で紙を差し出してきた。

松井が会っていたという女の情報だった。

木場は後輩に、これを夜の間に調べさせられていたのかと思うと気の毒に思えた。

「和多田美奈子、三十一歳、か。松井とはどんな関係なのか……」

すると恵美は、今度はケーキに載った、飴でコーティングされた栗を口に入れ、悦に入ったような顔をしてまた無言で資料を差し出してきた。

「えっと、和多田美奈子の夫、将は陸上自衛隊の自衛官で……あっ！」

添えられた人物写真の顔に見覚えがあった。坂本の実家で見た四人の自衛官のうちの一人だ。

田島は丸山から借りていたスクラップ記事をひっぱりだした。慎重に読み進め、間違いがないことを何度も確認した。

丸山の記事には、去年の十一月末に自衛官が朝霞駐屯地内で小銃自殺した件が載っていた。その自衛官の名前が——。

「和多田将。身重の妻を残して自殺、と書かれている。つまり、和多田美奈子はその未亡人で、毛利さんが聞いた泣き声というのは、このときはまだ生まれていなかった和多田の忘れ形見ってことですか。しかし、どうして松井が？」

「不倫じゃないですか」

「はぁ？」

思わず声を上ずらせた田島に、恵美はほくそ笑んだ。

「もしくは未亡人を心配するふりをして、その寂しさに付け込んだのかもしれません。女ならだれでもいいってやつなんですよ」

「おいおい……」

「でも否定できます？　スプリットハーフができていないうちはあらゆる可能性を排除しないんですよね？」

「いや、そうだけど……どうも松井のイメージに合わない」

「田島さんらしくないですね」

「え？」

「田島さんって論理派じゃないですか。事実優先、科学的、論より証拠、刑事のカンなんて糞食らえ」

「そこまで言ってないでしょ。いつ言いました？　どんなふうに言いました？　正確に覚えていますか？」

田島は責められている気がして、つい語気を強めてしまったが、恵美の口角は上がりっぱなしだった。

「ほら、それ。まさに証拠ありきの考え方。それに松井くんと実際に会ったことがあるとはいえ、ほんのすこしの時間じゃないですか。しかも、いつも対立している状況。それで松井くんの性格を含めてすべてがわかるとでも？　それとも田島さんは超能力者ですか？」

朝から糖分を得た恵美は、返答をすることに疲弊していた田島とは正反対に活力に満ちていた。

「それはそうかもしれませんが、毛利さんだってそもそも私のことを誤解してるかもしれませんよ」

苦し紛れに言ってみたものの、松井のことをなにも知らないというのは当たっていた。

堀内が言っていたとおり、一度、先入観を抜きにして全体を俯瞰し、それぞれの立場を確認するべきなのかもしれない。

田島はすっかり冷めてしまったコーヒーに口をつけ、百合の花のような笠を持つ電灯に照らされた天井を見上げた。

松井と和多田美奈子はどんな接点があるのだろう。不倫というのはどうかと思うが、しかし、通常ではあまり考えられない関係であることは確かかもしれない。

愛おしそうにケーキにフォークを入れる恵美に視線を戻した。

「ところで昨日ですが、よく尾行がバレませんでしたね」

「そりゃそうです。あたしは能力を見込まれて捜査一課に引っ張られたんですから」

それは初耳だった。

「でも蒲田までずいぶん時間がかかっていませんでした？」

通常なら三十分ほどの距離のはずだ。

「ええ、一度は西早稲田(にしわせだ)まで行ったんです。自由が丘(じゆうおか)乗り換えで渋谷に出て、そこから東京メトロ副都心線」

副都心線に乗れば朝霞駐屯地のある和光市駅、そして自宅のある川越まで乗り換えなしで行くことができる。

「でも何時くらいだったかな、着信があったみたいで、西早稲田で下車したんです。しばらく考え事をしてましたが、そこから回れ右して蒲田です。だから時間がかかっちゃったんです」

「電話？」

「ええ。たぶん、この女ですよ」人差し指で和多田美奈子の書類をつつく。「さみしいから来て、って言われたんでしょう。いや、松井がそう言わせたのか」

田島はコーヒーカップを持ち上げたが、口をつける前にソーサーに戻した。

「松井が訪ねていったときの和多田美奈子の顔、見えましたか」

「え？　人相ですか」

「いえ表情です。嬉しそうでしたか？　寂しさを紛らわせてくれる相手が来てくれて、幸せそうでしたか？」

「あ、いや……。そういえば意外そうな顔をしてたかも」

田島は思考を邪魔されないように視線をなにもない空間に向けようとあたりを見回し、結局床のシミに落ち着く。なにかがひっかかる。

そうだ、着信って……。

「西早稲田で降りたというのは何時ごろですって？」

「正確な時間までは……。だいたい、午後九時三十分を過ぎたくらいだったかなあ」

それは浅草署を出て、吉原で尾行を撒いたころだ。つまり、その電話は、田島を尾行していた男からだったのではないか。

「田島さん？」

恵美が視線に割り込もうとする。田島は視線を天井の木目に移して思考を深めた。

あの電話のあと方向を変えた？　なぜ？　あの会話の中で蒲田に向かわせるようなことを言っていたのか？

懸命に思い出そうとする。

「田島さーん？」

「うるさい！」

田島の声が閑散とした店内に響き、カウンターからマスターが顔を覗かせた。田島は頭を下げ、水を飲み干してから再び思考の淵に意識を置いた。

尾行を撒かれたことが、松井を蒲田に向かわせたのだとしたら、和多田美奈子はこの鵺のようにぼやけた出来事をはっきりとさせるキーパーソンということにならないか。

「あたしが木場くんに頼んだことを怒っているんですか？」

木場？　違う違う。怒ってなどいない。

だが、考え事をする田島の顔は夜叉のようでもあるのだろう。

木場、捜査本部、浅草……。

そうだ。尾行者は松井に電話をしたとき、浅草署に寄ったことについて言及していた様子だった。

浅草署に立ち寄ったことが、松井の行動を変えたとするなら……。

「西早稲田で電話をしているときの松井の表情はどうでした」

「え、よく見えませんでしたけど……でも、電話をしている時間はそんなに長くなくて、むしろ切ってからしばらく考え込んでいました。電車を二本、見逃したくらいですから」

「どんなふうでした。考え込むといってもいろいろあります。刑事なら仕草ひとつでもわかることが――」

「あっ」

「なんです?」

「はじめこそ難しい顔をしていましたが、最後は……笑ってたような」

「笑ってた?」

「はい。もちろん、歯を見せて笑ってたわけじゃないですけど、思い出し笑いをしてるような」

あの松井が笑った？　ということは、松井にとって嬉しいことがあったということになる。

浅草署、尾行を撒かれる、そして蒲田。なぜ笑う？

そのとき、脳内でさまざまな事柄が手を取り合うような、電気ショックに似た感覚があった。

まさか、そういうことか。

田島は天井のシミに向けていた視線をゆっくりとおろし、恵美で止めた。

「お手柄です」

「は？」

「でも尾行は下手くそですね」

「はぁ？」

田島は伝票を摑むと立ち上がった。

「おもしろくなってきました。行きますよ」

恵美が慌ててのこりのケーキを口に放り込む。

「ちょっと、待ってください。どこに行くんです」

釣銭をもらい、恵美に向き直るとにやりと笑ってみせた。

「朝霞ですよ」


朝霞駐屯地のフェンスを右手に見ながら車を走らせていた。

田島は運転席の窓をすこしだけ開けて新鮮な空気を取り込んだ。太陽はよく晴れた空のほぼ真上に居座っていたが、まだ寒気を暖めるだけの力はないようで、飛び込む風は額に当たってこめかみをしびれさせた。

いまはまだ枝だけの並木道も、春には桜が咲き、そのあとは緑の木漏れ日をつくるのだろう。

正門に着くと、立哨に松井と面会したい旨を伝えた。

「なんで松井くんなんですか。本当なら避けたい相手なのに」

「昨日の行動を考えると、あの人が鍵だと思うからですよ」

「すべて知っていると?」

「いえ、我々の知らないことを知っているのは確かだと思いますが、実は彼もよくわかっていないのかもしれません。そして、我々のほうから近づいたらどう出るのかを見てみたい」

「ふーん。そういうときに限って避けられたりして」

恵美が正面を向いたまま続ける。

「それに、また上から怒られるかもしれませんよ」

「かもしれないですけど、つつかないと動かないこともあります」

ゲートにある電話ボックスを思わせる警衛所の中では、もう一人の隊員が受話器を片手にこちらを油断なく見張っている。

「堀内と話をして感じたのが、なにが正しくてなにが正しくないのか。そして、なにをすべきか迷っている人は意外と多いということです。自衛隊幹部の堀内でもそうなのですから、松井も自分がどれほど重要な人物なのかを理解していながらも、迷っているのかもしれない。命令に従うだけで関わりを持たず、黙って時が過ぎるのを待ってるだけの人間なら、私を無視するでしょう。しかし、すこしでも現状に疑問を持っているのなら現れるはず」

心のどこかで真相に関与したいと願っているとしたら、それは良心だ。田島はそれを信じた。

隊員が車の横に立って窓を下げさせた。

「お待たせしました。松井は手が離せないそうです」

「普段は呼ばなくても現れるのに、こっちから来たら逃げるのね」

恵美が慰めるようにつぶやいた。

「やはり買いかぶりすぎだったみたいですね。また別のやりかたを考えましょう」

田島は厳しい表情のあとに、ふっと笑った。

「なにがおかしいんですか」

「いえいえ……そうだ。せっかくですから〝りっくんランド〟に寄って行きましょう。今日はオープンしていますよね？」

尋ねられた隊員は困惑顔になる。

「え、ええ。まぁ」

「ありがとう。よし、ではそこで自衛隊について勉強しようじゃないですか」

方向転換を終え、ギアをドライブに入れる。

田島は車を走らせながら、頬が緩むのを感じた。霧の中のような状況で、たとえ一歩を踏み出したことの実感が持てなかったとしても、遠くにかすかな灯火を見た気がした。進むべき方向が、見えてきた。

駐屯地を回り込んで川越街道に出ると、広報センターの駐車場に車を入れた。

「これが『りっくんランド』ですか」

りっくんランドは、朝霞駐屯地の一角に造られた施設で、正式には陸上自衛隊広報センターといい、陸上自衛隊についての歴史や組織、装備などが実物展示とともに解説されている。

興味津々な様子で施設に入って行く恵美に追いつき、まずは順路に従って二階に上がる。エレベーターを降りてすぐのところに自衛隊の歴史が紹介された一室があり、壁に巡らされた年表をたどって一回りした。

そこを出ると吹き抜けの一面がガラス張りの開放的なスペースが現れ、恵美が、おおぉ、と声を上げた。

一階の展示スペースを見下ろせるようになっていて、まず目に入るのは向き合うように鎮座(ちんざ)する戦車と攻撃ヘリコプターだ。テレビや雑誌などで見て想像するよりも大きく感じるとともに、実物だけが持つ独特の迫力があった。

それを取り囲むようにさまざまな体験コーナーが設けられていた。階段を降り、それらをひとつひとつ見て回る。

隊員が纏う装備の重さを実際に体験できたり、フライトシミュレーターも備えてあったりして、休日ともなれば多くの家族連れで賑(にぎ)わうのだろうと想像した。

恵美は防弾チョッキや装備品を背負ってその重さに悲鳴をあげ、バイクに跨がったときには田島に携帯電話を渡して写真を撮らせた。

屋外に出ると、戦車を含めた自衛隊の車両が並び、大砲が誇らしげに青空に砲身を伸ばしていた。手前に現行型の10(ヒトマル)式戦車、となりには74(ナナヨン)式戦車が並んでいる。

恵美は珍しそうに戦車をこぶしで叩いてまわり、その分厚い装甲に素直に驚いていた。

「それで田島さん。楽しいところではありますけど、これからどうするんです？」

時計を見た。入館して一時間が過ぎるところだった。

「とりあえず、コーヒーでも飲みましょうか。ほら、あそこの3Dシアターでなにか見ながら時間潰ししてもいいし」

「時間を潰す？　潰すってどういうことですか」

恵美は手首を返して時計を見る。

「だれかを待っているんですか？」

意外と鋭いな、と田島は頭を掻きながら、さりげなく施設にとりつけられた監視カメラを窺った。それを恵美は見逃さなかった。

「あ、そういえば田島さん。さっきから、カメラのある場所で、こうやってブラブラ遊んでますよね。わざと写っているってことですか。なにを企んでいるんです。いつもそうやって自分だけで話を進めるでしょ。それって、こっちとしてはたまったもんじゃないんですよ」

そこまで観察できているとは、やはり、恵美はただの傍若無人な後輩というわけではなさそうだ、と田島は思った。

「ごめん、ごめん。ちょっと試したいことがあるんですよ」

「試すってなんですか。あたしのほうが試されている気がしますよ」

田島が苦笑しながらあたりを見渡していると、裏手の駐車場を横切ってこちらに向かって歩いてくる人物が見えた。

「試したいというのは毛利さんのことではありませんよ」

視線を振って示す。

「あの人です」

遠くに見えていたその人物は、走っているわけではなかったが、最大限のストライドを最速に回転させ、ぐんぐんと近づいてきていた。

「あら、あれは松井くん？　やっぱりあの人を待ってたんですか。でもそれって、待ってたというより、おびき出したって感じですよね」

「ええ。ちょっと、いろんなつつき方をしてみようかなと思い立ちまして――」

松井は、鋭い視線を田島に固定したまま、ほとんどぶつかるような勢いで止まった。

「ちょっと田島刑事！　どういうことですか！」

「どうって、私たちはただ、りっくんランドを見学に来ていただけなんですが」

「お帰りください」

まっすぐに伸ばした腕をエントランスに向けた。

「警務隊というのは、広報施設の警備もされるんですか？」

「いいから直ちに駐屯地の敷地から出てください！　これ以上、許可なく留まることは許されません」

「ここは市民に開放されているはずでは？　私は日本国籍を有し、納税の義務も果たしています。見学する資格はあると思いますが」

横で、あたしも払ってる、と恵美が言う。

「それに、あなたの許可があれば良いのでは？」

「だから……何を言ってるんですかっ！」

呆れたような口調ではじまったが、語尾は叫び声のようだった。

「この人、ご存じですよね」

田島は、まるで生け贄を神に捧げるように恵美を突き出した。

「ええ、前にも一緒に来てましたね」

「前っていうのは、はじめてここを訪れたときのことではなく、昨日のことじゃないですか？」

恵美は眉を寄せ、半開きにした口を歪ませながら、両者の顔を無言で見比べた。

「あなたは、昨夜、こいつが尾行していたことを知っていたんじゃないですか」

「は？　あなたはいったいなにを言って……」

「そして、わざと和多田さんのところまで連れていった」

「なにを言ってるんですか？」

これは恵美が言った。

田島はいったんうつむくと、決意に満ちた目を向けた。

「松井さん、我々は敵じゃない。お互いの組織の中にはいるかもしれないが、少なくとも我々は同じ影を追っている。そして、あなたはその影がだれなのかを知っていながら、なぜ追わされているのかがわかっていない」

松井は笑みを浮かべた。それは、本当は笑い飛ばそうとしたのかもしれないし、怒鳴ってはねのけようとしたのかもしれない。いずれにしろ、中途半端で固まった不格好な笑みだった。

「だったら……どうだというんです」

「それはご存じのはずだ。この毛利を誘導したんですから。あれは私へのメッセージだったんじゃないですか」

松井の薄笑いは消えていた。感情の読めない表情でまっすぐに見返している。それは田島の本心を見透かそうとするかのようだった。

お互いに無言の時間が過ぎた。田島はこの瞬間が分水嶺(ぶんすいれい)だと感じていた。

松井は、どう出る？　それによって、物事が動く。

「試したのはあなたでしょう。警備から連絡を受けましたよ、あなたたちが広報施設をうろついていると。わざとらしく警備の人間にりっくんランドのことを聞いて、注目させただけじゃなく、防犯カメラに手まで振って挑発した」

恵美が白い目を向けてくる。

「……見てないところで、そんなことまでしてたんですか」

「それでわざと私が怒鳴りに来る状況をつくったわけだ」

「ご明察です」

それがわかっていながらこうして姿を現したことに、田島は期待を抱いた。

松井は監視カメラを気にするように、戦車に挟まれた空間へ身を潜らせた。田島と恵美もそれに従う。

「で、田島さん。私が尾行に気づいたとか、わざと連れていったとか、あなたはなぜそんなことを言い出すんですか？」

まだ油断ならない目で見返してくる。それに対して田島は笑みを浮かべて答えた。

「毛利の尾行です。その能力には疑いを持ってましたので」

「ええっ⁉」

恵美が叫び声を上げる。

「あなたも捜査のプロだ。警務隊の尾行技術の高さは、私を尾けた人の行動からもわかります。そんなあなたが毛利の尾行に気づかないはずはない」

「ちょっと、ちょっと！」

松井はちらりと恵美を窺ったが、遮るでもなく田島の言葉に耳を傾けていた。

「あなたは、毛利をわざと尾けさせたんです。はじめは違ったんでしょうが、私が撒いた部下からの連絡を受けて考えを変えた。そして毛利を和多田美奈子のところに連れていったんです」

「どうしてわざわざそんなことをするんです？」

松井は懐疑的な、冷たい目をしていたが、どこか田島を試しているようでもあった。

「あなたが隠していること、私が追っていること。その背景には駐屯地で小銃自殺された、和多田さんの案件があることを知らせるためです。私が堀内さんから話を聞くことも見越していたんでしょう。いや、聞かせるように仕向けたのかもしれないですね」

「だから、どうしてそんなことを」

「あなた、味方がいないんじゃないですか。組織の一員として命令に従ってはいるが疑問を持っている。堀内さんを見張っているのも逃さないためじゃない。むしろ、誰かを待っているようにも思えます。違いますか」

どういう反応を見せるのか。田島の言葉をじっくりと咀嚼（そしゃく）するような松井を見ながら、田島は気づかれないように唾（つば）を飲み、待った。

やがて松井が笑った。

「違いますよ。あなたはどれだけ想像力豊かなんですか。むしろ妄想に近いのでは」

明らかに芝居とわかる高笑いをひとしきりしたあとで、急に真顔になった。

「何を追いかけておられるのかは知りませんが、これ以上引っ掻き回さないでください。迷惑です」

「そうですか」

田島はため息をつきながら、メガネを取る。

「わかりました。ここに来るのは今日が最後です。でも、堀内さんにはもう一度お話を聞きたいと思っています。止めますか」

松井は目を細め、いつものように感情の読み取れない顔をした。それから無言で田島の横を通り過ぎたが、戦車に挟まれた狭い空間だったので体が四十五度になるくらい肩を押しやられた。

むっつり顔の恵美と向き合った松井は、田島を振り返って言った。

「あなたが言った尾行の技術、警察のレベルが低いというのは正しいかもしれない」

挑発じみた態度で田島の反応を待っているようだったが、言葉が返ってこないのを確認するとその場を後にした。

田島は寄りかかった74式戦車に手を置き、それから叩いた。これが動くということが信じられないほど、分厚い鉄の塊だった。松井も同じなのだろうか。どうすれば、あの分厚い装甲板をまとったような心を動かせるのか。

田島は思い立って戦車の隙間から出ると、小走りに進み、間隔が十歩分になったところで松井の背中に声をかけた。

「Do the right thing.」

すると松井は、振り返ることまではしなかったものの、足を止め、片耳をわずかに声の方へ向けた。

「堀内さんがおっしゃっていました。何が正しいことなのかはその人の立場や状況で変わる。あなたも迷っているんじゃないんですか。いま、自分がすべき正しいことがわからない」

松井はその言葉を反芻しているようでもあったが、やがて小さく首を振ると、立ち去った。

後ろ姿を見送る田島の横に恵美が並んだ。

「妄想が過ぎますよ。田島さんは、あの人を買いかぶりすぎなんです」

見ると、恵美が頬を膨らませて睨んでいた。田島は肩をすくめて見せる。

「うまくいくと思ったんですけどね。きっと迷っているんじゃないかって」

「なんのことですか」

「感じるんですよ。あの人の目は、真相を追っている刑事のそれと似ている。きっと彼なりに疑問を持っているんじゃないかって。だから協力できると思ったんです」

どう返答していいかわからなかったのか、恵美は空を見上げながら大きく伸びをした。

「でもフラれましたね。どうします」

田島は目頭をつまみ、メガネをかけた。それから小さくなった松井の背中を一瞥すると、出口に向かって歩き始めた。

「あとは堀内さんから話を聞くしかないですね」

「でも、もう話さないって言ってたんでしょ？　参考人でも容疑者でもない、ただの任意なので無理強い(むりじ)はできませんよ。そもそもあたしたちが追っているのは殺人事件じゃないですし」

「たしかにそうです。でも、過去の事件を追うだけが捜査一課の仕事じゃないと思うんです。これから起こることを防ぐのも――」

「これから何が起こるというんです」

「いえ、それはわかりませんが、彼らの動きを見ていると、どうもそんな気がするんです。なにかとても大きなことが起ころうとしている……」

「どうせ、それもカンなんでしょ？」

「ええ」

カンとひとことで言われると急激に安っぽく思えてしまうが、反論はできなかった。

「でも、いずれあなたも不可解な事件を担当することになるでしょう。そんなとき、感じると思います。理屈ではわかっていなくても、これまでの経験や得られた情報が脳の奥で無意識につながることを。それをカンと呼ぶのかもしれませんが、正しい情報が根底にあるのなら、決して当てずっぽうではありません」

恵美は両手を腰に当て、小首をかしげた。

「不可解な事件ねぇ。まぁ、いまがまさにそうですけど」

田島は、いまはもう見えなくなった松井の姿を追った。

自衛隊は、いったい何を隠そうとしているのか。

「あ、まさか」

　恵美が息を飲んだ。

「和多田の自殺というのは、実は殺人だった？」

「えっ、どうしてそう思うんです？」

「あたしの尾行が下手くそでバレていたんでしょ？　で、松井くんはわざと和多田のところまで連れていったって、田島さんが言っていたじゃないですか」

「そうですけど」

　そんなことはあるはずがない、と言い切れるだけの自信がいまの田島にはなかった。

「ただ、和多田さんの件は鍵になっているかもしれません。それらすべてをつなぐ人物……。やはり堀内さんから話を聞くしかないでしょう。夕方にでも、また訪ねてみましょう」

　前回の印象から考えると会ってもらえないかもしれないが、堀内の存在は断片的な事実をつなぐハブである気がしてならなかった。

　田島は、柔和だが、強い決意の持ち主である顔を思い浮かべた。

田島は堀内宅前の公園脇に車を止めた。

群青色の空はまだかろうじて街の輪郭を映していたが、周囲は沼に沈み込むように、じわじわと確実に闇に溶け込もうとしていた。

「今日は、見張りはいないんですねぇ」

先に車を降りた恵美があたりを見渡しながら言った。

車の中から公園を窺い見るが、たしかに人気はなく、警務隊員の気配も感じられなかった。二十四時間態勢で監視しているわけではないのだろうか。

田島も車外に出た。昼間の熱はすでに冷たい地面に吸い込まれていて、冷えた空気に体をこわばらせたときだった。

「こんばんは。ここは駐車禁止ですよ」

振り返ると、自転車を押した小太りの警察官が人の良さそうな顔を見せていた。

「あ、すいません。捜査一課の田島といいます。こちらは同じく毛利です」

「ああ、これは失礼しました」

警察手帳を見せる。恵美も車の屋根に腕を乗せて手帳を開いていた。

「いえ、ご苦労様です。捜査の一環で来てましして、すこしだけ止めさせてもらってもよろしいですか」

「はい、もちろん。私はしばらくこのあたりにいますので」

田島はメガネのブリッジに触れながら、さりげなく警官の装備品を観察した。地域を巡回する交番勤務のそれだったが、しばらく留まるというのが気になった。

「なにか、あったんですか」

「ええ、騒音の苦情があったんです。先ほどここの公園で怒鳴り声がしていると住民から通報がありまして」

「喧嘩かなにかですか」

「そうらしいのですが、私が来たときにはこのようにだれもいませんで。まぁここは駅に行く近道ですし、酔っぱらいや近所の若者が騒ぐってことはたまにあるんです。でも住人からは、ちょっとでもなにかあるとすぐに通報があるんですよ」

警官は地域課を代表するように顔をしかめた。

たしかに、すこしうるさいだけですぐに一一〇番をする人もいる。大抵は通りすがりの酔っぱらいだったり、携帯電話で話をしていただけだったりする。通報する人の中には半ば常連化した人もいて、警官がいわれのない苦情を代わりに受けることもある。まるで、警察の不手際のせいだといわんばかりに。

だが、そんな一本の通報が時に重大な事件の発覚につながることもあるだけに無下にもできない。

田島は警官に敬礼をすると、恵美を伴って堀内宅に向かった。

「これで駐禁とられなくてすみますね。でも、これから堀内が会ってくれなかったら、その心配もいらなかったってことになりますけどね」

室内のあかりが点いているのを確認し、インターフォンを押した。

玄関口に現れた堀内は、田島の想像と違っていた。

突然の再来に驚くか警戒されるだろうとは思っていたが、むしろ困惑しているような表情を浮かべていた。

それでも、すぐに平静を取りつくろった。

「刑事さんでしたか。どうされました」

堀内の反応は、まるで別の人間の訪問を予想していたかのように思えた。

「突然押しかけてしまって申し訳ありません。今日は、昨日お話ししていただけなかったことを伺いにきました」

堀内は眉間を狭めた。

「昨日もお伝えしましたが、私はこれ以上……」

「ええ、しかし、どうしてもお話を伺いたいんです」

「困りましたね。機密というのがあります。それは警察でも同じでしょう？」

田島は一歩踏み出した。

「堀内さん。機密とはなんでしょうか。国の防衛力を維持する上で一般人に話せないことがあるのは十分承知しています。そんなことまで聞きたいとは思っていません。ただ、明らかにすべき真実と、国防上の話はまったく別問題です。単純に言いたくないことを機密と言われるのは困ります」

「真実？」

「ええ。松井さんがあなたを監視していたのは、機密が漏れないようにするためじゃない。むしろ、だれかがあなたに接触してくるのを待ち構えているように思えました。そしていま、ここに彼らがいないのは、事態が次のステージに進んでしまったからではないですか？」

堀内は腕を組み、目を閉じた。それは、自身の目を通してなにかを悟られまいとするかのようだった。

「隠そうとした真実は後になればなるほど出てきたときに大変です。しかし我々が協力しあえば、大きくなる前に防げる。それはあなたの決断にかかっている。きっとはるか上のほうからなんらかの指示をされているのかもしれませんが、そのひとたちの知らないところで、すでにほころびは始まっているのではないですか。それが大きくなったら止められないかもしれない。あなたもそれを薄々感じていらっしゃるのでは？」

堀内の表情は、体内で起こっている闘いを表示しているようだった。

田島は待った。

霧を取り払い、全容を俯瞰して見るには堀内の言葉がいる。そして何か、恐ろしいことが起ころうとしているのなら、それを防ごうとする良心が勝ることを信じた。

「田島さん。あなたは、はじめは交通事故の詳細を知らせに来てくれた。そして坂本の生き方に興味を持ってくれた。嬉しかったですよ。しかしすべてをお話しすることは組織の意に反することになる。私もあなたも、それぞれ組織に属する身です。組織は統率が取れてはじめて体を成す」

もちろんです、と田島は同意を示し、語りかけるように言った。

「Do the right thing. 従うだけでなく疑問を持つこと。そこから思考が生まれ、正しいこととはなにかが見えてくる。同じ結果になるにしても意味が違う。あなたはそうおっしゃった。私自身、その言葉に救われたところもあります。あなたの考える正しさとはなんですか。どうか、お願いします」

柔和な印象の堀内の目が、鋭く田島を捉える。田島もしっかりと見つめ返した。それは、まっすぐな決意を理解してほしかったからだ。

すると、堀内の頬が弛緩した。

「そちらのお嬢さんは？」

堀内が恵美に笑みを向けた。

「はじめまして。田島の部下の毛利です」

「部下というより、私は単なる指導係です」

「なにも指導してもらってませんけどね」

場の空気を乱す恵美に困惑顔を浮かべる田島だったが、堀内は孫娘を見るように、嬉しそうに目を細めた。

しかし、その笑みの中にも、異質の感情が隠れているのが見えた。それは恐れのようでもあるが……いや、むしろ、だれかを案じて気が気ではない。そんな感じがした。

「すいません。やはり、私には話すことが――」

うつむきながら首を振った。

堀内が抱えているのは組織を根底から揺さぶるようなことなのかもしれない。だから苦悶(くもん)の表情なのだろう。自分の哲学を殺してでも、組織を守ろうとしている。その決意を抱く者を前に、これ以上なにを言えばいいのだろうか。

そこに鋭い声が矢のように飛んできた。

「話すべきだ！」

その声に振り返る。松井だった。

「どうしてここに？」

はじめは、松井は考えを変え、田島と話をするために後を追ってきたのかと思ったが、そういうわけではなさそうだというのは、険しい表情を見てわかった。

松井は田島の存在に気づいていないかのように堀内に詰め寄った。

「部下が負傷しました。あなたがもっと早く話していればこんなことにはならなかった」

「……怪我の、状況は」

田島は恵美と顔を見合わせた。なにが起こっているのだ。

まるで自分の家族のことのように、堀内は顔をしかめた。

「命はとりとめていますが、重傷です」

堀内はよろけた体を半開きの扉を摑んで支えると、右手の甲に額をつけながら、ひどく考え込んだ。

　やがて三人の来訪者を見やり、無言で上がるように示した。


　前回と同じ応接室に通されたが、今回、茶は出なかった。

　三人掛けのソファーに田島、恵美、松井が座る。向かい合う堀内はうつむいたままでなにも話していない。どう話せばいいのか考え込んでいるようだった。

　この状態でしばらく時間が過ぎていたが、急かすのも良策とは思えなかった。松井も同じ考えのようで、静かに待っている。

　代わりに田島はその松井に聞いた。この会話が呼び水のように堀内にきっかけを与えるかもしれないと思ったからだ。

「松井さん、部下の方が負傷されたというのはどういうことですか」

　松井は背もたれに体を預け、腕を強く組んだ。そして堀内に視線を向けたまま、声を絞り出した。

「あなたは言っていましたよね。私たちがここを監視していたのは、堀内二佐を見張っているのではなく、だれかが接近するのを待っているのではないかと」

田島は頷いた。

「監視が事故直後からはじまったということは、逆説的に言うと、三軒茶屋の事故は堀内さんと自衛隊にとってかなりのインパクトを持っていたことになります。そして堀内さんは警務隊に監視されていることを知っておられたので、これは堀内さんの行動を監視することが目的というよりも、事故に深く関わる人間が堀内さんと接触してくる可能性があり、その人物を警戒しているのではないか、と思いました」

松井は田島の推測にすこし驚いたようだった。

「そのとおりです。さきほど朝霞であなたと話した後、ここに張り込んでいた部下から連絡を受けました。我々が命を受け、追っていた人物が現れたと」

田島と松井に挟まれて座る恵美の後頭部を避けるように田島は体を反らし、その表情を窺う。松井はテーブルの一点に視線を止めていた。

「確保しようとしたところ逃走したため追跡したものの、部下はこの先の等々力渓谷で倒れているところを発見されました。後頭部にひどい怪我をしていました。おそらく転倒した際に岩に打ち付けたのだろうと思われます」

恵美が振り向いた。

「さっきの警官が言っていたのって」

田島は松井を遮りたくなかったので無言で恵美に頷いてみせた。

通報があった騒ぎというのは、そのときのことだったのだろう。

「堀内さん、コンタクトがあったらすぐに連絡してくださいとお願いしてあったはずです。そうしてくれていたら部下は病院送りになることなどなかった！」

「そうではないんだ、本当に彼が来たことは知らなかった、外で騒ぎになってはじめて知ったんだ。彼とは話もしていない、走り去るところをすこし見ただけだ」

「ちょっと、いったいだれの話をしているんですかっ！」

恵美が耐えかねたように声を上げた。田島は肩を叩いて鼻息の荒い恵美を落ち着かせる。

「それで、その人物というのはだれなんですか」

改めて松井に聞いたが、松井は堀内の口からそれを語らせようとしているように、堀内を見据えていた。

その視線に気づいた堀内は紅潮した頬で、大きく頷いた。そして、自分を奮い立たせるようにこぶしで膝を叩き、決意に満ちた目を向けてきた。

「泉谷という男です」

泉谷……？

田島と同じ答えにたどり着いた恵美がスマートフォンを慌てて操作した。そして写真を表示させる。坂本の実家で撮影したものだ。

屈託無い笑顔を浮かべている男たち。石倉、坂本、和多田。そして一番右に色の黒いはっきりとした目鼻立ちの男。

たしか、坂本と仲が良く、実家の大衆食堂にも行ったことがあると言っていなかったか。かすうどんをメニューに加えさせたという男。

田島は写真を拡大し、堀内のほうに画面を向けた。

「この人ですか。泉谷、たしか泉谷という名前でしたよね」

懐かしむような堀内の目は、潤んでいるようにも見えた。

「そうです……これが泉谷尚徳です」

松井も重々しく頷く。

「私が受けた命令は、この泉谷の確保でした」

「容疑は？」

「知らされていません」

恵美が呆れた顔をする。

「知らずに追いかけていたんですか」

「上官の命令には従うのみです。それが機密だと言われれば、それ以上のことは聞けない」

田島は松井に言った。

「でも、疑問を持たれていたんですね」

「ええ。坂本の所持品の回収や、石倉を警察に会わせるなという不可解な指示もありました。それらが堀内二佐の更迭とどう関係するのか……調べるうち、あなたとの共通点も見つかった」

恵美は気づいていないようだったが、意味ありげに顔を覗き込まれた田島はそのことを理解していた。それを目で伝える。

「そして部下が負傷。その理由を、堀内さん、あなたの口からお聞かせ願いたい」

堀内は四人の写真を目に刻もうとしているかのように、しばらく覗き込んでいたが、スマートフォンから目を離すと、背筋を伸ばした。

「我々が隠そうとしているのは、過去というよりも、むしろ未来のことなんです」

「未来？　坂本さんがジャーナリストと会って公表しようとしていたのは、自衛隊の不祥事であるとか、ＰＫＯの現状のことではないんですか？」

「いえ、むしろそれは、これから起こるかもしれない危機の発端に過ぎないのです。しかし上層部は、いえ、それを知る関係者のほとんどは、危険度を過小評価していました。ただ……」

田島の脳の奥底でだれかがノックするような感覚があった。

「坂本さんはその〝危機〟を伝えようとしていたんですね。しかし、いったいどんな危機が迫っているというんですか」

ここで、堀内は神妙な表情を浮かべた。

「真相を聞くということはそれなりの責任が伴います。中途半端にされれば事態は混乱を招くだけです。その覚悟はおありですか」

「あります」

田島は即答した。

「ですがすこしお待ちを」

田島は恵美に向き直った。

「君はどうだ。これから先は、警察の範疇を超えるかもしれない。それでも私は行動するつもりだが、君は一緒にいると評価を落とすかもしれない。この先のキャリアに影響するかもしれない。刑事部からも外されるかもしれない。ひょっとしたら、危険すら伴うかもしれない……」

恵美は口を半開きにし、呆れてものが言えないという表情をして見せた。

「かもしれないばっかり考えてたらなにもできませんよ。それに田島さんと組まされた時点であたしの運は尽きていると思っているんで」

田島は思わず苦笑した。

「堀内さん、こちらは大丈夫です。信じていただけるかどうかはあなた次第ですが」

「窮地に追われた年寄りにできるのは、信じることだけです」

堀内は自分に言い聞かせるかのように何度か頷き、話し始めた。

「私は坂本からすべてを公表すべきだと相談されていたのですが、私はすでにその危険性について上層部に報告し、その判断を待っていたときだったのです。きっと、しっかりと対応してくれるはずだからと坂本には言っていたのですが、業を煮やしてしまったようです。早く公表しないと手遅れになると。そして行動を起こそうとした。つまり、ジャーナリストと会うというあの行動は、彼なりのDo the right thing. だったんです」

「それで、いったい何が起ころうとしているのですか」

堀内は田島、そして松井の目をしっかりと見据えると、低く、強い口調でひとことと言った。

「防衛大臣の殺害です」

田島はすぐにはそれを理解できなかった。目を合わせてきた松井も同じようだった。隣では恵美が頓狂（とんきょう）な声を上げていたが、それは揶揄（やゆ）しているのではなく、まったく予想すらしていなかったことに思考が追いついていないのだ。

これまでのことが、いったいどうしたら大臣殺害につながるのかわからなかった。ただ、首筋を氷水で撫（な）でられたように体が震えた。

「それは、現職の富田防衛大臣のことですか？」

堀内が頷くのを見て松井に向き直る。松井もまた、驚愕（きょうがく）の表情だった。

「ＰＫＯの派遣隊の中に、堀内塾の門下生が四名いたんです。石倉、坂本、和多田、そして泉谷。うち二人は亡くなってしまいましたが……」

「和多田さんというのは、あの自殺をされた？」

堀内は無念そうに顔を歪めた。

「そうです。それが発端であり、原因を作ったのが富田防衛大臣なのです。あの記事を、お持ちですか」

恵美が手渡したスクラップ記事の中から、自衛官が自殺したときのものを手に取った。それから懐かしい友と再会したような目で和多田の写真を覗き込むと、老眼鏡をかけ、感情を込めずに読み上げはじめた。

「『PKOでの任務は確実に遂行するも、帰国後、以前から患っていた精神疾患を発症。療養もおこなっていたが、訓練中に小銃で自殺した』」

その記事は田島も目を通していたが、堀内の顔を見ていて違和感を覚えた。

「それは真実ではないのですか？」

堀内は渋い木の実をかじったかのように顔を歪めた。

記事を書いたのは丸山だ。彼が決して憶測で書いていないことを祈った。

「ええ、真実とは違います」

やはりか、と恵美の目は丸山に対して怒りを表しているようだった。本人が目の前にいたなら摑みかかっているかのような形相だった。

恵美の気持ちを知ってか知らずか、堀内は言った。

「ですが、この記事を書いた人が悪いとは思えません。そういうふうなストーリーに仕立て上げられたんですから」

「どういうことですか」

「記事にはこう続けられています。富田大臣の国会質問での問答です。『任地の過酷さからＰＴＳＤを発症していたのではないかとの質問に、もともと患っていたものが再発しただけだ』と。たしかに、和多田には鬱の気があり、実際に通院をしていたこともありましたが、それは十年以上も前の話です」

「つまり、自殺の原因はＰＴＳＤだったと？」

堀内は小さく頷いた。

「私はね、ＰＫＯそのものには賛成なんです。自衛隊が行くことで少なからず喜んでくれる人たちがいることは確かですから。それはとくに、政治や世界情勢にまったくかけ離れた人たち、子供たちです。もちろん武器を持って海外に出ることにはさまざまな意見があります。自衛隊員の命を危険にさらしてまで、この世界の僻地に道路をつくることに意味があるのか、と言われることもあります。シンプルですが、一番答えづらい質問かもしれません。ですが、先ほども言ったように、現地に行った隊員のモチベーションの一つになっているのは、そこに暮らす人たちの笑顔であることは間違いありません」

堀内はそこで話を止めた。眉間を指で揉み、何度か短いため息をつく。それは秘めた気持ちを表に出す儀式のようにも思えた。

「派遣される隊員たちは武装しています。それは自身や仲間を守るためです。それらの銃器は世界的に見ても高性能ですが同時に『世界一重い引き金』を持つ銃でもあるのです」

田島は相槌すら打たずに、静かに次の言葉を待った。

「PKOそのものには賛成なんです」

もう一度言った。

「ですが、その体制には不満があります。装備や医療など人員の面だけでなく、交戦規定も十分な整備がされていない。最前線では、規定に書かれているとおりのことだけが起こるわけじゃない。危険な兆候があるたびに、隊員は頭の中で交戦規定にチェックマークをつけていきます。従うべき規定はどれだ、と。しかし選択肢が全部消えてしまうこともある。もしいま敵が来たら自分は撃っていいのか、悪いのか。その極限でぎりぎりまで引き金に指をかけられない。ひょっとしたら、大義のために最後まで撃てない隊員もいるかもしれない。隊員の持つ銃が『世界一重い引き金』なのはそのためです」

和多田の顔写真を、老いた指でそっと撫でた。

「そんな状況では隊員は極度のストレスにさらされます」

「和多田さんは、現地で特別なストレスにさらされるような環境におかれた？」

「ええ。自殺とＰＫＯ派遣は関係ないとされている和多田ですが、ことの発端は防衛大臣の現地視察なんです」

恵美がハッとした表情で、記事のコピーを取り出して、テーブルの上に並べた。坂本が持っていたものだ。

「大臣がマスコミを連れて派遣現場を視察に訪れ、安全だとアピールする様子がテレビでも多く流れたと思いますが、ご覧になりましたか」

「見たように思います」

「武装勢力の拡大を危険視する国内の意見を払拭するため、マスコミに安全をアピールする必要があった。そこで防衛大臣が訪問することになりましたが、その前に事前調査を命じてきたのです。カメラ写りが良いところを」

堀内はソファーの背もたれに寄りかかると、記憶を整理するように目を閉じた。

「大臣が到着する数日前、和多田は彼の相棒と共に宿営地の近くの丘に向かいました。宿営地を見下ろせる一見のどかな場所で、アピールするには最適な場所でした」

田島は並べられた記事の中から一枚を引き寄せた。そこには弾痕の残るレンガ壁の写真があった。

「それです」

堀内が頷いた。

「まさか。ここに和多田さんが……」

「ええ、そのタイミングで、政府軍と反政府勢力の戦闘に巻き込まれてしまったんです」

「か、彼らは？」

「このレンガの壁の中で震えていたそうです」

松井が半身を乗りだした。

「なぜ援護に行かなかったんですか！」

「行けなかった！　行けば本格的な戦闘に自衛隊が参戦することになる。そうすれば死傷者が出たかもしれない。さらに……」

堀内が言いよどんだ。

「彼らが宿営地を出たことは一部の人間しか知らなかった。足並みを揃えるべきところをできなかった部隊の責任もありますが、もともとそれを命じたのは富田大臣なのです。現地の幹部の中に大臣の息がかかった者がいて、手足のように直接指示を出していたようです」

　松井が釈然としない表情をする。

「そんな話、聞いたことがありません。記録はあるのですか」

「そのことは公にはなっていません。いまに到(いた)るまで、PKO派遣について論議されるたびに大臣が言う、『現地を視察し、報道で言われるような危険な状況下に派遣しているわけではないことが確認できた』という言葉を正当化するために隠されてきたのです」

　田島は深いため息をついた。そして記事を指した。

「大臣は体調不良で出発を延期していますね？　それはこのことがあったからですか」

「はい。もっともらしい理由をつけたんです。もしそのまま行っていれば、現地はまだ硝煙の臭いが残っていたかもしれませんね。同行したマスコミは決して安全だとは書かなかったでしょう」

　松井が額を押さえる。

「それはＰＴＳＤになってもしかたがない。でも、認められていないいんですね……」

「『ＰＴＳＤを発症したり自殺したりする自衛官もいると聞くが、それは複合的な問題なのでＰＫＯだけが原因とは思えない。あくまでも本人の問題だ』」

恵美の言葉に驚いて振り向くと、一枚の紙をテーブルに置いた。インターネットの画面をプリントしたものだった。

「これは国会での討論の一部です。派遣後に精神疾患を来す隊員が多いということについてどう考えるのか、と野党から質問が出されていました。それに対する富田大臣の回答です。このときに示されたデータによると、海外派遣経験者のうちＰＴＳＤの傾向がみられるのは二〇一五年度で一・四パーセント。うつ病・不安障害傾向は五パーセントを超えています。さらにイラクやインド洋に派遣された経験のある隊員のうち五十六人が自殺をしていて、うち精神疾患を原因としたものは十四人も……あたし、知りませんでした」

田島も同感だった。

「そんなに多いんですか」

松井はある程度状況を知っていたのか、驚いてはいなかったが、重い表情で頷いた。

堀内も無念そうにうつむきながらも、その声は冷静を保っていた。

「患者は毎年一千人前後を推移しています。和多田はその中の一人ではありましたが、ひとくくりにせず、ひとりひとりにパーソナライズしたケアをしていれば、事態の深刻さにもっと早く気づけたかもしれない。そうしたら自殺なんて……」

「つまり、和多田さんは任地で危険な目にあったが、安全をアピールするためにその事実は伏せられ、ＰＴＳＤとも認められていない。同じ〝堀内塾生〟だった坂本さんは、その汚名を晴らすために、その丘でのことをジャーナリストに伝えようとしていた」

「そのとおりです」

ただ、そうすると理解できないところが出てくる。

「あなたも石倉さんも、どうしてそれを止めようとしたんですか」

ここまでの印象では、むしろ坂本に同調しそうだと思ったのだ。

堀内が、田島の覚悟を再度確かめるように目を覗き込んできた。年齢の割に、とても澄んでいた。その目を見ていると、まるで自分がその答えを知っているのではないかと問われているように思えてきた。

そして、脳の奥底でくすぶっていたさまざまな要素が手を取り合い形をなしていく。これが事件の解決につながる〝刑事のカン〟の類であれば高揚感もあるのだが、今回は心地よいものではなかった。

「泉谷……。泉谷が行動を起こしたから？」

堀内は頷いた。言いたいことに田島が近づいていることに安堵しているような表情でもあった。

「和多田のＰＴＳＤは認められていません。さらに小銃で自殺という事実は、ある種、自衛隊に泥を塗ったことでもあり、彼の遺族に対する国からの補償はささやかなものでした。本来支給されるはずの賞恤金も認められていない」

賞恤金は公務員が殉職などした場合に、弔意を示すために遺族らに支払われるものだ。

「塾生たちは、その扱いを知って怒りを感じていたようです。和多田の葬儀で再会したとき、さまざまな不満や怒りが吹き出しました。白熱した議論のなかから、防衛大臣を狙うという過激な意見まで出ました。もちろん本気ではなかったようですが……本当に実行に移そうと考えた人物がいたんです。それが泉谷です」

田島がはっとして記事に目を走らせる。

「イズミヤ文書……」

それは、丸山が追及していた、すでに廃棄されたとする書類だ。

「まさか、それを書いたのが」

「そうです、その泉谷です。和多田とともに丘に上り、銃弾にさらされたもう一人の人物です。彼はその事実を文書で報告したが、上層部につぶされたんです。本人も口を閉ざすように命じられた」

田島は松井と目を合わせた。

「泉谷というのは、どんな人物なんですか」

「彼もまたPTSDを発症し、朝霞の普通科を離れて十条駐屯地にある補給統制本部で装備品などの管理をしていたようです」

松井が腕を組んだ。

「私が泉谷を追うように命令されていたのは、上層部は事態が悪化する前に身柄を確保しておきたかったから、ということなのでしょう」

大変な事態ではあったが、田島には安堵した部分もあった。防衛大臣を狙うというPTSDの隊員に対処できると思ったからだ。

出動要請が出されれば、富田大臣に付けるSPを増員することができる。周りを固められたらそう簡単には近づけない。いくら自衛官でも返り討ちにあうだろう。それを理解すれば、手を出さずに諦めるかもしれない。

ただ、自衛隊はあくまでも内部の人間で処理するつもりのようだ。一連のことが明るみに出ることは大臣攻撃のネタを野党に渡すことにもなるし、自衛隊としても蓋をしておきたいのだろう。

「では、泉谷の居所がわかればいいんですね」

田島は恵美にメモを取らせると、確認を取るように命じた。

「木場に頼んで。大急ぎで、って」

「田島さんも酷ですね」

恵美は携帯電話を片手に応接室を出ようとした。

「待ってください」

松井の声が思いの外、冷たかった。

「危険性について過小評価されているかもしれませんが、泉谷は戦闘のプロです。症状の悪化で十条に異動していますが、本来持っているスキルレベルは警察のそれとは根本的に違います。現に泉谷を追った私の部下は重傷を負った。武術にも通じた優秀な部下だったのに、です」

松井の気迫に田島は息を飲んだ。

いくら訓練を積んだ者とは言え、拳銃を持つＳＰに守られた大臣を暗殺するというのはあまりに現実離れしているように思えたが、たしかにだからといって楽観すべき問題ではない。

「結局、彼らは、戦闘訓練を積んでいるのです」

大きく頷いた堀内の、魂が抜けてしまうかのようなため息に視線を戻す。

「堀内さん、どうされました」

「実は、警務隊にも伝えられていないことがあります」

言いづらそうだった。何度眉間の皺を揉んでも言葉が出てこない。それだけに田島も身構えてしまう。どんな真相が飛び出すのか、と。

「64（ロクヨン）式小銃」

堀内のつぶやきに、他の三人は顔を見合わせる。

「泉谷は自動小銃を持ち出している可能性が高いのです。自衛隊が本当に隠したいのはそれです」

田島も恵美も、そして松井も声が出なかった。

「そ、そんなの、そもそも持ち出せるんですか、それに、どうして発表しないんですか！　危険人物が危険な武器を持っているんですよ。ＳＰの命も危ない」

ＳＰは、部署は違えども同じ警視庁の仲間だ。それが危険にさらされているとなれば声も荒くなる。

「自衛隊が発表に慎重になっているのは、泉谷が持ち出している小銃が廃棄処分直前のものだからです。通常、廃棄される銃器は、修理不能なケースや老朽化して部品が欠損しているものなどで、最終的には委託された民間企業が切断・溶解処分をします」

「つまり、発射可能なものではない、ということですか」

「記録上はそうなっています。だから上層部は……つまり富田大臣と強いつながりを持つ一部の幹部たちは、水面下で処理できると思っているんです」

田島は堀内の憂慮を見て取った。

「何かあるんですか。あなたはそう思っていないように見えますが？」

堀内は、視線を泳がせた。

「その小銃が発射能力を持っていないとしても、彼の行動が抑制されるとは思えないのです。なぜなら……それは和多田が自殺に使用したものだからです」

田島は松井と目を合わせた。

「泉谷は補給統制本部の隅で心静かに任務に当たっていたかもしれませんが、そんなとき、親友が自殺に使った小銃の処理が回ってきたときにどんな感情をいだいたのか……。それに、発射能力はないとされていますが、小銃の状況がどうだったのか不明です。管理していたのも泉谷本人なのですから。もしネジやバネが欠損していたとしても、それらはホームセンターで代用品が見つかるかもしれませんし、町工場に作らせることもできる。彼らは内部構造を熟知していますから」

「そのことはだれかに？」

「もちろん、私はそれを上層部に報告しましたが、逆に扇動したのではないかと指摘され、このとおり更迭処分になりました」

田島は愕然（がくぜん）とした。優れた戦闘能力を持つ自衛官が小銃を奪って逃走している。目的は大臣を暗殺したうえで声明を出し、和多田の名誉を復活させ、遺族への手厚い補償を確保すること。

しかし危険度が摑みづらかった。重大な事件が起きていることは理解できるが、現職大臣を暗殺するということに実現性があるのか。

松井もどこか、切迫した危機を感じていないように見えた。

それは決して危険を過小評価しているわけではなく、暗殺するにはまだ決定的ななにかが足りていない。そんな冷静な分析によるもののように感じられた。

まずは情報を集められるだけ集めるしかない。

田島は立ち上がり、松井も続く。

「ありがとうございました。このことは他言しませんので」

「いえ、私から聞いたと言っていただいて構いません。ですが、どうか、泉谷を止めてやってください。もし彼に会えたら、世界一重い引き金を持つことの意味を、思い出させてやってください」

「わかりました」

田島は頭を下げた。

玄関まで来た堀内がつぶやいた。

「和多田はあの戦闘現場で、結局引き金を引きませんでした。人に向けて撃ったのは、自分に向けたあの一回だけなんです」

堀内の自宅を辞した三人は、車に同乗した。

田島は部下のところに行きたいという松井を乗せ、十五分ほど離れたところにある救急病院に向かっていた。松井は別の部下に迎えに来させると言っていたが、田島が送っていくと申し出たのだった。

後部座席に座った松井が、シートベルトに逆らうようにしながら体を前に傾けた。

「送っていただいて、申し訳ないです」

「いえいえ、通り道ですから」

田島は帰路とは逆方向にウインカーを出す。それを理解している松井は、わずかに口角を上げた。

「見舞いに行ってもまだ話は無理だと思いますが、なにから手をつければいいのかわかりませんし、まずは現実を見据え……自分を叱責(しっせき)したい」

「松井さんの責任ではありません。いまは次の被害者が出る前に泉谷を捕らえることに専念しましょう。我々も、いままでとは違った視点で捜査をします。なにか情報があったらすぐ共有しますので」

バックミラーの中の松井が頭を下げた。

助手席の恵美が、どこか納得いかないという顔で松井を振り返った。

「ところで本当に尾行に気づいていました？　いつから？」

松井が苦笑する。

「割と、初めのころからです」

「本当にぃ？」

自分が納得できるような答えをひっぱりだそうと睨みつけていたが、やがて諦めたのか、腕を組んで座り直した。

田島はバックミラー越しに視線が合った松井に聞いた。

「尾行に気づいた松井さんは、毛利を和多田さんの遺族のところに連れていったことになりますが、それはどうしてなんですか？」

「結論から言えば、警察が和多田のことを知っているかどうかを知るためです」

「どういうことです？」

「私は泉谷を追うように命令されていましたが、現れそうな場所として聞いていたのが、堀内二佐と和多田の遺族のところでした」

「では、その二ヵ所を張り込んでいたわけですか」

「ええ。泉谷は堀内塾にいましたし、和多田とも仲が良かったので出現場所として納得はしていました。しかし、そこに刑事が現れました。坂本と石倉を調べていたはずのあなたたちです。そこで私は混乱しました。いったいなにが起こっているのかと」

田島はハンドルを手のひらで二回ほど叩いた。

「我々は、同じものを反対側から見ていたようですね」

「そのようですね。今日あなたは朝霞に来て言いましたよね、私の行動は『事件の背景に和多田の案件があることを知らせるためだった』と」

「ええ。しかしあなたは違うと言った」

「わざと連れていったのは確かですが、事件の背景を知らせるためじゃない。逆です。私が知りたかったからです」

田島の頭の中では、さまざまな情報が過不足なくつながり始めていたので、頷きは徐々に大きくなる。

「あのとき、部下から連絡があり、あなたが浅草署に寄ったと聞いて警察はすべて知っているのかと思いました。むしろ私だけが状況を知らないのではないかと思って焦ったくらいです。そこで毛利さんを和多田宅まで連れていったらどうなるかを観察しました。それで、警察もすべてを摑んでいるわけではないとわかったのです」

「なんでですか」

　恵美が体を捻り、もう一度振り返る。

「もし和多田の存在を知っているなら、わざわざ表札を調べて身元照会などしないでしょう」

「え、中から見てたってことですか」

「はい。それと、あの静かな住宅街では、あなたの声は意外と聞こえましたよ。後輩の刑事さんかな？　だれかに命じていましたよね。良くも悪くもよく通る声をお持ちだ」

　恵美は頭を抱えた。本当は膝を抱えたかったのかもしれないが、シートベルトがカチリとロックされていて、中途半端な前かがみになった。

「小銃自殺が起こったとき、我々が捜査にあたりました。和多田夫人とはそのときに話をしましたし、自宅を訪ねたこともありましたので、夜分でしたがお邪魔させてもらったわけです」

　恵美は何かに気づいたようで、再び顔を上げると、田島と松井の両方を見やった。

「あれ、あたしだけついていけていないんですけど。知ってるって？　浅草？　なにが？」

田島は人差し指を立てた。

「浅草と三軒茶屋がつながってるってことですよ」

「……いまサラッと言いましたけど、それって、とんでもないことですよ？」

緊張を強いる状況でありながら、田島は思わず苦笑した。恵美の存在に、どこか安心感を得るようになっていた。

「浅草の捜査本部にホームレスが押しかけてきた話って聞いていますか？　金を貰いにきたとかなんとか」

「ああ、木場くんがそんなことを言っていました。だれがそんな約束したんだって問題になってたんですよね。それで金を払った木場くんまで怒られて」

「それです、それです。あれ、松井さんですよね」

そんなわけない、という顔の恵美に対して、松井はあっさり頷いた。

「危険人物の隊員が街に出たとき、我々はまずニュースを見ます。傷害、窃盗、なにかしらの痕跡を残していないか探すわけです」

「それで浅草の事件に目を付けたわけですね」

「ええ。当時、警察はすでに怪しい人物を特定していたようですが、タイミングが合致していたので、念のため我々も同じように聞き込みをしました。そして現場からすこし離れた隅田川の上流で、事件のときに現場にいたものの怖くて戻っていないというホームレスを見つけました。被害者以外に二人いたという証言をもらったあと、警察も知っていたほうがいいだろうと思いましたが、ホームレスが腰を上げないので金の話をして行かせたわけです」

恵美が呆れ顔をする。

「敵から塩を送られるようなことをされていたわけですか。捜査本部はなにやってるんですか」

「まぁまぁ。証言は生モノです。タイミングもありますから、本部の聞き込みが甘かったとは言い切れないでしょう。それで浅草の犯人が泉谷だと？」

「ええ、可能性は高いと思いました」

「だからなんでそうなるんですか」

恵美が困惑の声を上げ、田島が間に入る。

「浅草の犯人について、私はどんな人物だと言ったか覚えてますか」

「たしか、被疑者の渡辺のような感じじゃなくて、まるでプロフェッショナルの仕業のようだって。あ……」

「そうです。ナイフの角度から、犯人はナイフを持つ三沢の腕を摑んで、そのまま刺したと想像しました。被害者の着衣も乱れていなかった。つまり一瞬の出来事だったということです。こういうことは狙ってできるわけじゃない。むしろ条件反射的な行動で、それができる体力と反射神経を持っている。日本でこういうことを体に覚え込ませているのは陸上自衛隊くらいでしょう。ひょっとしたらレンジャー部隊クラス」

恵美が自分に言い聞かせるように話しはじめた。

「和多田さんのために真実を明らかにすべきだと考えていた坂本さんが三茶で交通事故死したのを知り、同じ考えを持っていた泉谷は、自分も行動を起こすべきだと過激な思想をエスカレートさせた。それを止めようとした堀内さんや石倉さんは上層部に報告し、自衛隊の自浄作用を信じて待つべきとした。そして松井さんは秘密裏に事態の収束を図る上層部から泉谷の確保の命令を受けて現在に至る。で合ってますか？」

頷く松井に田島が聞く。

「でも、あなたも全容を知らされているわけではなかったのですね」

「ええ。泉谷を確保しろとの命を受けましたが、石倉をあなたたちから遠ざけろとか、堀内二佐の監視をしろとか不可解な命令が続きました。それで何かに巻き込まれるような漠然とした違和感をもっていたのは事実です」

「松井さん、実際、小銃の危険度はどうなんですか。和多田が自殺に使用した小銃で、廃棄予定のものだったということですが」

「廃棄銃の状況はさまざまです。自殺に使用されたからといって即廃棄になることもありません。通常、修理が不可能なくらい損傷していなければ手入れをして使います。64式小銃は新式との切り替えを進めていますので、廃棄されるものも多いですが、古いというだけで発射可能な状態である可能性はあります」

「廃棄は民間の業者が行うのですね」

「ええ、処理そのものは自衛官立ち会いのもと、委託業者が行います」

「では、その担当が泉谷だった場合、誤魔化すことも可能だと」

松井は首を振った。

「誤魔化すことは不可能です」

そこで松井の目が鋭く光ったように見えた。

「しかし、誤魔化さなくてもいいのなら、持ち出すことは可能かもしれません。先ほど堀内二佐も言っていましたが、たとえ故障していたとしても、部品に詳しければ簡単なものは自作することができる。実際、彼らは戦闘時に故障したときにそなえ、数え切れないほど修理・分解組み立てを行っていますので構造については熟知していますし、故障した箇所を身近なもので代用することもできる」

「じゃあ、やばいっすね……」

恵美のつぶやきに田島も思わず頷いた。だが、松井の表情にどこか、憂いの中にもわけありそうな余裕の色が見えた。それは堀内宅でも感じていたものだ。

「気のせいかもしれませんが、その割には慌ててないように見えますが」

田島が尋ねると、松井は小さく頭を振った。

「いえいえ、決して楽観しているわけではありません。ただ、そういった機械部品とは決定的に管理が異なるものがありますので」

「それはなんですか？」

「弾です。こちらはかなり厳重です。駐屯地内では火薬庫に保管され、ここを警備する者は実弾を持ち、発砲の許可も得ています。弾は毎日カウントをしていて、使用済みの空薬莢(からやっきょう)ですら行方不明なものがあれば総出で訓練地を這(は)いつくばって探すくらいです。不足があればすぐに周知されますが、それがないということは、全国の駐屯地で不明になっているものはゼロということですし、これればかりは一から自分でつくることはできません」

恵美がため息をついた。少なからず安心したのだろう。

「ただ、心配もありました。64式小銃に使用される装弾は猟銃で使用されているものと共通なんです。だから銃砲店や猟師から奪われる可能性もあったのですが、いまのところそういった事件も起こっていませんので……」

「なんですって？」

「いや、全国でも銃弾が紛失したという事件は……」

「それ、弾は、どんな名称ですか」

「〝7・62×51ミリ、NATO弾〟と呼ばれるものですが」

田島の憂慮を察した恵美が手帳を開いた。

浅草の暴力団員殺害事件。その第一の被疑者である渡辺は狩猟免許を持っていて、事件直前に弾を購入していた。まさか――。

「良かった、違います」

恵美が額の汗をぬぐうそぶりをした。

「渡辺が購入したのは〝・308ウィンチェスター弾〟だそうです」

「えっ？」

しかし、今度は松井が息を飲んだ。

「それを購入した人が事件に関係しているんですか」

「ええ、例の浅草の事件、行方はまだわかっていませんが、現場から立ち去ったとされる男が、直前にそれを購入していたようなんです。どうかしましたか？」

「〝・308ウィンチェスター弾〟は、〝7・62×51ミリ、NATO弾〟の民間用の呼び方です。つまり」

「……同じ？」

「ええ。互換性があります」

田島は愕然とした。いや、ここにいる三人全員が同じだった。

あのとき、泉谷は弾を手に入れるために渡辺と会っていたのではないか。そして、なんらかのトラブルで暴力団員を刺殺するに至った。もし、そのときに渡辺から銃弾を受け取っていたら、防衛大臣を襲うという計画が絵空事ではなくなってくる。

撃てない銃なら弾はいらない。撃てるからこそ、弾を手に入れたかったのではないのか。

「信じられないけど……つながりますね」

恵美が吐き出すように言った。田島は厳しい目で、ゆっくりと頷いた。

「松井さん、私は浅草の捜査本部に行きます」

「了解です、私も隊に戻って報告します。最寄りの駅で降ろしてください」


田島は浅草署の階段を駆け上がった。すぐ後ろに恵美が続く。

会議室のドアを開け放つと、まだ捜査会議の時間ではなかったが、すでに多くの捜査員が集まっていた。

田島に気づいた八木が、困った顔で近寄ってくる。

「おい、お前なんの用だ」

田島は押しのけるように、そのまま幹部が座る最前列まで進んだ。幹部に失礼があれば上司の責任になる、と八木も困惑した表情のまま付いてくる。

笹倉管理官は見ていた書類に影が落ちてきたので怪訝な顔を上げる。田島は一礼をして報告した。

「先ほど原田参事官と連絡がとれ、いまこちらに向かっていらっしゃいます」

「なんだって」

「これから私の報告を聞いて捜査本部の立て直しをお願いします」

何事かと見守っていた会議室は、ホラ吹きでも見るような空気になった。管理官もはじめこそ薄ら笑いをしていたが、冷たい田島の目が気に障(さわ)ったのか、椅子を後ろに飛ばして立ち上がった。

「なに言ってんだてめぇ、何様だ！」

そこに、隣にいた係員が受話器を胸に押し付けながら手をあげた。笹倉への着信を知らせようとしている。

「それ、福川捜査一課長だと思います」

田島が言うと、係員は緊張の面持ちのまま小刻みに頷いた。

不審の眉を寄せながら、それを受けとった笹倉管理官は気をつけの姿勢をとり、歯切れのいい返事を繰り返した。

「はっ、了解いたしました」

笹倉は、受話器を置くと皆を着席させた。

「一課長ですか」

「ああ。お前から話を聞けとおっしゃっている。それで判断しろと。いいぞ、話せ」

「その前にひとつ、捜査本部の状況を確認させてください。被疑者のほうは？」

「渡辺は依然として逃走中だが、安宿を泊まり歩いていることが確認されている。確保も時間の問題だろう」

「もう一人のほうは？」

「まだだ。人相もわかっていないし、そもそもホームレスの情報だから信憑性も薄い。いずれにしろ渡辺を捕らえればわかることだ。それで？」

田島はこれまでのいきさつを要約して話した。捜査会議室内の面々も、事態の急変に戸惑っているようだった。

「おい、つまり自衛隊員が自動小銃を持ち出し、防衛大臣を狙っていると。お前はそう言いたいんだな」

管理官は冷静を装っているが、やはり、あまりの話の飛躍にどう反応していいのかわからない様子だった。

「はい。そしてその弾は渡辺が用意した可能性があります。暴力団員はなんらかのアクシデントでその取引現場に居合わせたのでしょう」

「大臣を狙うって、いつだ」

「それはわかりませんが……」

胸の中で携帯電話が振動した。見ると松井だった。

「ちょっと失礼します」

冷静な管理官も、田島が電話のために視線を外すと、まるで魔法が解けたかのように困惑気味な表情を隠せなかった。

『田島さん、お台場の野外音楽堂です。明日、こけら落としを兼ねて災害復興イベントがあります。そこで音楽隊の公演があるんです。在日米軍の音楽隊との共演ということで、駐日大使とともに防衛大臣が出席されるようです。前から狙っていたとすれば、この日を選ぶ可能性は高い』

田島は受話器を手で覆う。

「お台場の音楽堂、明日、大臣に警告を」

室内は騒然としはじめた。管理官が言う。

「おい、だれと話しているんだ」

「陸自朝霞駐屯地の警務官です。協同で捜査をしていました」

「狙うって、具体的にどうするつもりなんだ。詳細を聞け」

田島は受話器を耳につけると、松井に聞いた。

「いま捜査本部にいます。スピーカーフォンにしてもいいですか」

同意を得て音声出力を切り替えると、テーブルに置いた。

「松井さん、狙うとしたら泉谷はどう出ますか」

『小銃がどの程度の状態かで変わってくると思います』

「こちら捜査一課管理官の笹倉です。その小銃、射程はどのくらいあるんですか」

『有効射程は四百メートル前後でしょう。ただ装備も調整も整っているわけではない可能性があるので、実際はもっと短いかもしれませんが』

だとしても長い、というのがここにいる者の印象だった。百メートル離れるだけで狙撃場所の特定は途端に難しくなる。

「その泉谷という男、射撃の腕はどうですか」

『かなり優秀です』

管理官の顔からは迷いが消えていた。

「渡辺の専従班はそのまま捜査を続行、それ以外は湾岸署に行け。指示は追って出す！　俺は一課長に報告する。警備部にも通達を出せ、大臣に出席を見合わせるように」

捜査員が一斉に動き始めた。

再び携帯電話を耳に当てた田島は聞いた。

「自衛隊のほうはどうですか？」

大掛かりな動きがあると期待したのだが、松井の声は沈んでいた。

『上官に訴えたのですが、聞く耳持たずです。それどころか私は任を外されました』

「ええっ」

『おそらく、上は上で右往左往しているのだと思いますが、私が泉谷追跡を理由に動きすぎたのか、それとも騒ぎ立てて目障りになったのか。いずれにしろ部下が負傷した責任をとって、本件は別班が引き継ぎます』

「そんな」

『もちろん、自衛隊の中枢までグルになっているとは思いません。富田大臣につながりを持つ一部の連中が独自に動いているんだと思います。大臣の命令がきっかけで、結果的に隊員が自殺したという事実を隠したいのでしょう』

ここまでは開き直ったような声だったが、ここから深く沈んだ声に変わった。

『私は堀内二佐と同様、自衛隊という組織の自浄作用を信じています。正しいことがなんなのかを考える人がいるかぎり、問題は適切な方法で解決する、と。しかしいまはその時間がない。田島さん、私は一人でお台場に行くつもりですが、止めますか』

「それは独断で、ということですか。それとも自衛隊の正式な捜査協力ですか？」

『上官は、私に命令をしたときも詳細を教えませんでした。正しいことを行うための情報を隠していたのです……。お伺いを立てるつもりはありません』

「なるほど。了解しました。ちょっとお待ちください」

田島は携帯電話のマイクを手で覆うと、今後の対応のために幹部たちに囲まれていた笹倉に声をかけた。

「管理官、先ほどの警務官ですが、私と台場で行動を共にしても良いでしょうか。現場に入ったとき、専門家のアドバイスが必要になることもあるかと思います」

田島を上目に見ていた管理官が小さく顎を引いたのを見て言った。

「松井さん、ひとりじゃないですよ」

6

お台場を吹き抜ける風は季節相応に冷たく、乾いていた。空の高いところに浮かぶ薄雲は引き伸ばされ、千切れながら流れていく。

お台場野外音楽堂は昨年完成したばかりの施設で、東京湾、レインボーブリッジを背景に半円の屋根を持っているが、本来の役割は災害時の避難施設であり、休日の賑わいを見せるお台場を地震や津波が襲った場合を想定している。

音楽堂はその付随施設という扱いだが、その規模は、たとえば警視庁音楽隊の「水曜コンサート」で使用する日比谷公園小音楽堂とは比較にならないくらい大きく、すり鉢状に傾斜の付いた観客席は三千席を超える。

周辺ではさまざまな催しが開かれており、客席にも多くの人たちが集まっていた。

東京湾岸署を中心に昨夜から会場の監視態勢を敷いており、現在のところ、泉谷は少なくとも施設内には足を踏み入れていない。

しかし安心はできなかった。泉谷が持ち出している64式小銃は遠距離からの狙撃も可能だからだ。

田島は松井とともにステージを背にして立っていた。周りでは子供たちが無邪気に遊んでいる。こんな場所で撃たれたら……もし小銃の調整が悪ければ、大臣を狙ったとしてもだれに当たるかわからない。絶対に撃たせてはならない。

「しかし、この会場でステージ上の大臣を狙うとしたら、意外と場所がありませんね」

松井のその言葉は数少ないポジティブな要素だった。

ステージに立ってみると、その視界の半分は海になっている。つまり狙撃に適した場所が限られるのだ。

「あのビルだと距離があるし、ショッピングモールは人の目がある。木の上からというのも考えられなくはないが、狙いがつけづらいし、それはそれでだれかに気づかれそうです」

そこに八木が駆け寄ってきた。

「異常なしだ。本当に今日なのか」

「本当に狙うとしたら今日は絶好のチャンスだ」

「我々に気づいて立ち去ったってことは？」

現在、施設の周りでは捜査員が泉谷の姿を探して展開しているはずだった。その捜査員たちは平服を着用しているが、刑事の鋭い視線や独特な挙動を雑踏の中で見極められる可能性はあった。

実際、松井は革のジャケットを着ていたが、全体的に醸（かも）し出（だ）す雰囲気は一般市民とは違っていた。

「気づかれて襲撃を諦めたのなら、少なくとも大臣や観客の身は安全ということになるのでいいんだが、それは危険を先送りにしているだけとも言えるので、できれば捕らえたいな」

田島は言ってみたものの、時間が経つにつれ、現れない可能性が高くなっていくことを感じていた。

イベントは進み、夕方になってもとくに不穏な報告は上がってこなかった。

再び現れた八木が声をかけてくると、ため息を短く吐き出して言った。

「大臣はさきほどＳＰと共に中に入られたそうだ。警告を出して欠席を要請したが、拒否された」

「えっ、どうして」

「メンツの問題か、危険性を理解していないか、だろうな」

「警察の力を信用しているってことは？」

八木は呆れたような笑みを浮かべた。

「それはないだろうな。出番までに解決しろと大臣から直々に命令があったらしいが、危機感があまりない。我々の監視が功を奏している可能性を評価しているのかもしれない。まぁ、今日現れなかったら、いつ寝首をかかれるかわからなくなるだけなので余計に気味が悪いと思うけどな」

「防衛省は？」

「足並みが揃っていないようだ。おそらく一部の幹部が情報を抱え込んでいるんだろう。そんな話は聞いていない、と事実確認に時間がかかっている」

「なるほどね……。くそっ」

「とりあえず、予定を変更してギリギリまでは出ないようにしてもらっている。最後の曲の紹介まで引っ張っているが、それまでに進展がなければ力ずくでも止める」

　どこかで泉谷が見ているかもしれないので、お互いに敬礼はせずに別れた。入れ替わりに恵美が来た。

「本庁からも増員が来ました。お台場海浜公園駅、東京テレポート駅周辺の反対側まで、かなり広範囲に展開しているそうです」

「了解……」

「田島さん、どうかしました？」

　田島は会場を見渡していて、どこかすっきりしないところがあったが、それが何かは自身でもわからなかった。正体のわからない化物を相手にしているようなものだった。

「いやぁ」

田島はもう一度周囲を見渡し、思考を深める。狙撃ポイントを探して展開する捜査員たちのことを考え、どこか違和感を覚えていた。

「泉谷はどうして小銃を持ち出したんでしょうか？」

松井に聞くと、すこし意外そうな顔をした。

「どうしてって、それは大臣を狙うためでは？　ナイフなど手近なものを武器にする場合は接近しなければならないけど、長距離からじっくり狙って撃てるなら成功率も、そして逃走もしやすい」

田島は、胸の奥底でくすぶっていた違和感が、形になっていくのを感じた。

「泉谷と会ったことはありますか」

「いえ、私はありません」

「なんとなくですが、ここまで聞いてきた彼の印象と合わない気がして」

「どういうことです。暗殺が、ですか」

「いえ、彼が大臣を襲おうとしているのは本気だと思います。ただ、狙撃するだけなら、たとえば、猟銃を奪ったほうが早くないでしょうか。相手は一般市民です。銃砲店を見張って適当な客の後を尾ければ簡単に奪うことくらいできるだろうし、旧式の小銃よりも射撃精度は高いかもしれない」

「たしかにそうですが、なにを言いたいのですか？」

「他にも廃棄される小銃はあったはずです。猟銃を奪うこともできた。それなのに、あえてあの銃でなければならないとしたら、それは」

「和多田が自殺に使ったものだから……」

「そう。その銃を使うことに意義があり、和多田の名誉を回復するための行動だとしたら、遠く離れたところから富田大臣を射殺して満足なのでしょうか」

松井は眉間に深い皺を刻む。

「私だったら、殺す前になぜこんな目にあわされるのか、本人にしっかりと思い知らせてやりたいと考えるかもしれない……」

「そのとおりです」

ステージを振り返ると、いまは多くのゆるキャラがダンスをしていた。

「まさか、目の前に現れるつもりなんですか」

「可能性はあるかと。ひょっとしたら、逃げる気なんてはじめからないんじゃないでしょうか」

恵美が腕時計を示しながら言った。

「もうすぐ出番です。でも、これだけの警備の中、小銃を持って歩けばすぐにわかるはずです。どこから潜り込むつもりなんでしょう」

多くの家族連れで賑わう会場を見渡す松井の目が猛禽類のように鋭くなっていた。すでに紛れ込んでいるかもしれない泉谷をもし探し出したなら、茂みに隠れるウサギを仕留める鷹のように、鋭い爪で押さえつけてしまうのではないかと思えた。

それにしても人が多かった。簡単に見つけられるものではない。

「田島さん、私は警備室に行って防犯カメラで施設内の様子を調べてみます」

「了解です。私は……」

あたりを見渡し、パラボラアンテナを載せたバスを見つけた。側面にはケーブルテレビ局の文字が入っている。

「あそこ、中継車に行ってみます。会場全体を見渡せるかもしれない。毛利さんは班長に伝えてきて」

三人は頷き合うと、一斉に散った。

田島はノックを省略して中継車のドアを開けた。

「ちょっと、なんなんですか、あなた」

警察手帳をかざす。

「捜査一課です。責任者の方は？」

山田と名乗る痩せた男が奥から現れた。

「私ですが、なにかあったんですか」

「まだなにも起こっていませんが、これから起こるかもしれません。協力してください」

山田は邪な笑みを浮かべた。スクープが狙えると算段しているのかもしれない。

「いいでしょう。なにをすればいいんですか」

「ここにカメラを設置したのはいつからですか」

「今朝七時くらいかな」

「そのときから録画を？」

「いやいや、テストくらいはしてますけど、継続的に録画を開始したのはイベントが始まってからですね」

「ということは十時くらいですか？」

「そうですね」

車内を見渡すと、所狭しとモニターが並んでいる。

「カメラは全部で何台ですか？」

「メインは三台です。あと手持ちが一台」

「録画された映像を見せてもらえませんか」

「朝イチのから？」

「そうです」

「でも常に四台のカメラが動いているわけじゃないですよ」

「かまいません」

責任者は技術者を呼び寄せた。

「こいつと奥に行ってください。ハードディスクに落とし込んだものが見られますんで」

「助かります」

紹介されたスタッフと共に中継車の一番奥まで進む。大掛かりな装置を使って見るのかと思ったが、出されたのは小ぶりのノートパソコンだった。

「これで見られますんで。クリップは時系列に並んでいるので、まずはそれをクリック。カメラの切り替えはここ。こっちは再生で、早送りと早戻しはここ。操作がわからなくなったら声をかけてください。じゃ」

操作してもらえるものだと思っていた田島は戸惑った。

うっかり消してしまわないかと心配になりながら映像を再生させるが、思うように操作ができない。

困ったことになったと思っていたら、恵美がやってきた。

恵美は、はじめのうちこそ横から操作方法を指示していたが、耐えきれなくなったのか不器用な指導係を席から押し出した。

普段なら無礼なやつだと思うのだが、田島は内心、ほっと胸を撫で下ろしていた。その存在をうるさいと思うことが多かったが、このときほどありがたみを感じたことはなかった。

「関係者通路などは松井さんが調べてくれているはずなので、観客席を中心に見てみてください。怪しい人物がいるかもしれない」

「たとえば？」

いた。

「まぁ、楽器のケースでしょうかね。でも……」

今日はさまざまなイベントがステージで行われているが、音楽系のパフォーマンスが多いようで出演者が楽器を持って入れ替わり立ち替わりしている様子が映っていた。

「そうだな、銃はどうやって運ぶだろう」

「たくさんいるからわからないですね」

「じゃぁゴルフバッグとか釣竿ケースとか。そんなものはないかな」

恵美は器用に操作しながら、怪しい場面で映像を止め、時に拡大表示しながら確認していく。目は画面から離さずに聞いてきた。

「それらしい人はいないですね……。ねぇ田島さん、もし大臣を狙っていることが間違いだったら？　捜査員をこんなにかき集めて無駄ってことはないですよね」

「なんだ、怒られることが怖いのか」

「そうじゃないですけど、これ以上田島さんが嫌われるのが困るんです。あたしまで巻き添いを食いそうで」

「いいかい、刑事ってのは、何事もなくて怒られるくらいでいいんだ。何かが起こってしまうよりはね。迷ったら、そうやって自分の背中を押せ」

「たしかにそうですね。それ、教科書には載っていなかったです」

「さて、やつはどこかにいる。不自然じゃない方法で入り込んでいるはずだ。しかも小銃を持って」

そこに着信があった。八木だった。

通話を終わらせると、恵美が顔を覗き込んできた。

「どうかしたんですか？」

「渡辺の身柄が確保されたそうだ」

「おおっ！　それで!?」

「渡辺は借金苦から猟銃を手放すために銃砲店を訪れたが、そこで泉谷に声をかけられたらしい。泉谷は銃砲店を張り込んで適当な人物を探していたんだろう。弾を破格の金で買い取るというので、違法であることを理解しながらも借金を返済するために承知した。そして念のため行きつけではない銃砲店で装弾を購入することにし、後日待ち合わせることになった。それが浅草、言問橋だった」

「例の暴力団員は？　三沢って言いましたっけ？」

「そう。三沢は渡辺が急に借金を返済すると言いだしたことを怪しんで、渡辺を問い詰めたようだ。それで泉谷のことを話してしまった。ただならぬ状況に金の臭いでも嗅（か）ぎつけたんだろう。受け渡し現場で泉谷を強請（ゆす）ろうとして返り討ちにあったらしい」

「なるほど。あ、それで肝心の弾は？」

「三沢が現れる前に、すでに渡したそうだ」

恵美は手ぐしで髪をすいた。

「じゃぁ、撃てるってことですよね」

田島は頷いて、またモニターを見た。その中に昼を回ったころのイベントが映っている。付近の買い物客を巻き込んで混雑度を増している。

次いで、ゆるキャラたちが画面に現れた。観客席を練り歩いて子供たちと触れ合っている。この後、いま行われているように、ステージでゲームなどをするはずだ。

「人もここまで増えると判別は難しいすね」

「そうだな……」

「あの、田島さん、どこか、具合でも？」

顔色の悪い田島を見て、恵美が心配する。

「いや、なんか気持ち悪いんだ。自分でもわからないけど。こぅ、イライラするっていうか……」

　何かが気になってしかたがない。

「あー、それって、ボールペンがちゃんと並んでいないときに似てますよ」

「え？」

「ほら、なんでも几帳面に並べるじゃないですか。それがずれているときとか、数が合わないときとかにそんな顔しますよ。この中継車の中がぐちゃぐちゃだからですかね。ちょっと臭いし。田島さんのいる世界じゃないんですよ」

　数人のスタッフが聞き捨てならぬと睨んできた。

　田島の中で何かが動き始めた。無意識に何かを感じ取っている。この気持ち悪さはなんだ？

「もう一回戻してくれ。頭から。早送りでいい」

　時間を戻し、また初めから見る。何かを見落としていないか……。

「ん？　ストップ」

　観客席に座る人々が思い思いに過ごしている。その間を十体ほどのゆるキャラたちが手を振りながら歩いている。あるものは写真を撮ったり、あるものは子供を泣かせたりしている。

「ちょい早送り。ゆるキャラたちがステージでダンスするところ」

客席にいたゆるキャラたちがいったん退場し、ステージ上に戻ってきたのは午後四時。いまから十分ほど前だ。

「あれ？　もう一回戻して」

再び客席を闊歩するゆるキャラたち。気持ち悪さの原因をつかんだ。

「これだ」

田島は画面を指差した。

「いま、ゆるキャラたちはみんなステージ上でダンスをしているはずだが数が合わない。一体減っている。こいつだ、このキャラクターはステージに上がってない」

「あ、ほんとだ」

恵美は隣に座っていたスタッフをつつく。

「すいません、これなんですか？」

遠慮のない恵美に怪訝な顔を向けながらも答えてくれた。

「ああ、たしか〝善まるくん〟だったかな」

その格好を見ると名前の由来がわかる。餅を浮かべた善哉のお椀から手足が出ている。

「この方と連絡とれますか」

「はい、調べてみます」

再びコンピューター画面に戻ると、恵美が画面をつついた。

「このぶよぶよした衣装なら小銃も隠せるかも」

田島は松井の携帯に電話をかける。

「松井さん、ステージ裏にカメラはありますか？」

『ちょっと待ってください——はい、あります』

「では録画を確認してほしいんです。午後四時すぎ、着ぐるみたちが入っていくと思うんですが見られますか」

『確認します』

警備員に対してだろうか、小声で指示をしているのが聞こえる。

『ああ、来ました』

「おしるこが見えますか？」

『え？　しるこ？』

横で恵美が袖を引っ張る。

「ぜんざいです、ぜんざい」

「えっと、お椀から手足が出ているやつです。ぜんざいみたいな」

『あ、これかな』

受話器の奥で、これってぜんざい？　と尋ねているのが聞こえてくる。

「そいつがどこに行くかカメラで追ってもらえませんか」

『了解です。ああ、こいつだ……』

「どうです」

『あ、他とは違う方向へ行きますね。どうやら階下におりるようですがここからは死角になります。あの、これが泉谷なんですか』

「わかりませんが……我々はいまから向かいます。しばらくそこで待機してもらってもいいでしょうか」

そこに、先ほどのスタッフが受話器を持ったまま声をかけてきた。

「イベント会社の責任者に聞いているんですけど、善まるくん、行方不明だそうです」

ということは、階下に降りていったのは予定外の行動ということになる。

「あ、ちょっと待ってください」また電話に戻る。「中に入っていた人が保護されたみたいです。どうやら、男に殴られ、着ぐるみを盗まれたみたいですね」

田島は恵美と顔を見合わせた。まずい、泉谷はもう施設内に入っている。

「毛利、行くぞ」

狭いバスの中を、椅子の背もたれにぶつかりながら外に出た。

施設の入り口に向かって走ろうとしたとき、恵美が呼び止めた。

「田島さん、もし、実弾を発射できる自動小銃を持った男がここに出てきたら……」

そう言って、家族連れで賑わうお台場、集う人がみな幸せそうな笑みを浮かべている様子を眺めた。

そうだ。追いつめられた泉谷が、もしここで発砲でもすれば一般市民に死傷者が出る可能性がある。

ふと見ると先ほどの責任者が司会者の男と話をしているのが見えた。

「どうよ山ちゃん、いいカンジ、いいカンジ？」

そんなことを言いながら、司会者は体にまとわりつくイヤホンやワイヤレスマイクを外していた。

田島が近づいて手を出すと、司会者はスタッフだと思ったのかもしれない。イヤホンとマイクを手渡してきたが、田島はイヤホンだけを返すと、マイクのスイッチを入れて叩いてみた。ボフボフッという音が会場内に流れた。

「これ、借ります」

「え、ええ？」

戸惑いを通り越した顔が二つ、田島を見返した。

「ご協力感謝します」

それからステージ裏に向かって走った。

「田島さん、そのマイクどうするんです」

「もし我々が泉谷を取り逃がした場合、これを使って市民を避難させます」

「無駄に怒られたほうがいいですもんね」

「そういうことです」

ステージ裏から中に入った。まだペンキの臭いが新しく感じられる。

「こっちはステージに上がるスロープ。楽屋口は向こうですね」

「とりあえず、大臣に部屋を出るなと警告します。できれば目立たないように退去してほしい」

「けっこう頑固で有名ですけどね……」

二人はあるドアの前で足を止め、ノックをした。反応はなかった。セキュリティのため、あえて張り紙などでは表示していないが、富田大臣の控え室はこの部屋で合っているはずだ。

続けて二度ほどノックしたが反応がない。

「失礼します」

ノブを回して押し込む。ドアは十センチほど開いたところで何かに当たって止まった。その隙間から足が見えた。倒れている人間の、足だった。

田島はさらに押し込み、部屋に飛び込んだ。

倒れていたのはスーツ姿の男が三人。田島は無線のマイクを手繰り寄せた。

「至急至急！　大臣付きのＳＰが倒れています。大臣の姿はありません！」

恵美が膝をつき、脈をとる。

「気を失っているだけのようです」

髪の毛を分けて頭皮からの出血を確認する。

「殴られたようですね」

すばやく部屋の中を確認してまわり、手がかりになるようなものがないか探したが、なにも見つからなかった。

廊下に出て、他の部屋を開けて回るが異常はない。

積まれた段ボールの脇にあったのは、〝善まるくん〟の着ぐるみだった。

「田島さん、これ」

「やはりあいつが……」

くそ、どこに連れていった？

田島は毒づきながら避難経路を示すプレートに目をやった。

「下は倉庫と機械室か、行きましょう」

音楽堂として目に見える部分はごく一部が地上に出ているだけで、地下に大きな空間を持つ構造をしており、そこには災害時の一時避難場所と非常食などを備蓄するための倉庫を備えていた。

通路を進むと金属製の扉が六つ、向かい合わせに並んでいるエリアに出た。どのドアにも鍵がかかっていて、ロック解除はＩＤカードで操作するようだった。

突き当たりまで行ったが、変わったところはなかった。

大臣を連れて外に出ればさすがに気づかれるだろう。となれば、他に行ける場所はない。

田島は再び松井に電話をかけた。

「いま地下の倉庫にいます。電子ロックなんですが、今日、開けられたかどうか調べられますか」

『ちょっと待ってください』

電話の向こうで担当者と話す声が小さく聞こえた。

『コンピューターに記録がありました。十分ほど前に四番のドアが解除されています』

田島はプレートに４と表示された扉を見た。中は窺い知れないが、その気配を感じ取ろうと意識を集中した。

『開けたのは、ええっと、入江という社員だそうです――えっ、本当ですか――もしもし、入江という警備員は、今日は休みだそうです。いま、本人に電話をしてもらっています』

田島はドアの前に立った。アルミのドアが鈍く反射する自身の歪んだ姿を睨みながら次の言葉を待った。

『本人によると、ＩＤカードは昨日、退勤するときは間違いなく持っていたそうです』

「いまは、持っていない？」

『ええ。なぜなのかはわかりませんが……でも、それは関係ないですね』

田島は無言で頷いた。

どこかで盗まれたのかもしれないし、入江という人物が協力者なのかもしれないが、この事実の前には関係がなかった。つまり、目の前の扉が、ここにいない人物のセキュリティカードで解除されているということだ。

田島はドアレバーに手を置き、ゆっくりと押し込んだがまったく動かなかった。

「これ、解除できますか」

『カードキーを借りましたので、いま持っていきます』

そこに無線が鳴った。

『おい、田島、どこだ』

八木だった。

「地下の倉庫だ。潜伏の可能性ありだと思う」

『おい、お前、拳銃はあるのか』

「ない」

『それなら待て、いま人をやるから』

慌ただしく階段を駆け下りる音が響いてきて、松井がカードキーを手にやってきた。そして自分の腰に手を当てた。

「拳銃を持ったやつがいま来た。それにあまり大勢で押しかけてもよくないと思う。私に任せてくれ」

『ちょ、ま、待て……』

無線のスイッチを切ると、カードキーを読み取り機にかざした。カチリと小さな金属音が鳴った。

田島はドアノブに手をかける。さきほどと違い、それは九十度回転した。横では松井が腰に手を回し、拳銃を構えた。

「ったく、日本の警察はどうして銃を持たないんだ。平和ボケか」

「武器を使わずに事件を解決するのが日本の警察だ、って吉田刑事部長が言っていた」

松井は呆れたような笑みを見せたあと、真顔になって頷いた。

ドアをゆっくりと押し込んでいく。一筋の明かりが漏れてきた。

「動くなっ！」

鋭い矢のような声がドアの隙間から飛び出してきた。田島はすかさず両手をドアの隙間に差し入れた。

「警視庁の田島といいます。なにも持っていません。ちょっと入りますね」

「ダメだ来るな！」

ダメと言われても、聞こえなかったふりでもして入ってしまわないと、次のチャンスはないかもしれない。

松井にはこのまま待つように小声で言い、反論は受け付けないということを険しい表情で示した。

中からは途切れることなく叫び声が聞こえてきていたが、それを押し返すように言う。

「泉谷さん、堀内さんから伝言を預かっています」

叫び声が止まった。その隙に、田島は半ば強引に入り込んだ。

「おいっ！　この野郎！」

小銃がこちらを向いた。背筋を強い悪寒が駆け下りて行ったが、両手のひらを向けて平然を装う。

百平方メートルほどの倉庫は、まだ本格的な荷物の搬入がされていないのか、壁沿いにペットボトルが積まれているだけで、がらんとしていた。

その真ん中に銃を構える男がいて、手足を結束バンドで縛られた男を右足で踏みつけている。

「改めて。私は田島といいます。あなたは泉谷さんですね？」

泉谷は一瞬、動揺の色を浮かべたが、すぐに能面のような表情に戻した。

坊主頭で太い眉と大きな目が印象的だった。頬骨の隆起でその下が影になっている。肘までまくった腕には、無駄のない筋肉が見えた。着ぐるみでいたせいなのか靴を履いておらず裸足だったが、それが逃げる意思がないことを示しているようにも思えた。

そして、足元にうずくまっているのが富田大臣だ。シャツは破れているが、大きな怪我はしていないそうだった。

「大臣、大丈夫ですか」

目をきつく閉じ、食いしばった口で震えるように頷いた。テレビで見る富田はいつも堂々とした態度と物言いなので、別人にも思えた。もちろん、こんな状況の姿を見ることなどないのだが。

「お前は何者だ」

泉谷が銃口を向ける。

「えー、なんの因果か。ある交通事故を調査していて、気づいたらここにいました」

あえて明るい声で言ったが、ここで表情を引き締めた。

「あなたの気持ちがわかるとは軽はずみには言えません。でも堀内さんは違いますよね。あなたの理解者のはずだ」

「伝言って……なんだよ」

「自衛隊は世界で一番重い引き金を持っている。その意味を思い出せ、と。そう言えばわかってくれるって」

泉谷は無言だった。ぎょろりとした目がせわしなく動く。

「武装勢力に囲まれたそうですね。レンガの壁の中に身を隠してやり過ごした。怖かったでしょうね」

「怖かったさ。だけど、それはあんたが思っているような怖さじゃない」

銃口が富田を向く。

「お前なんかには一生わからない恐怖だよ！」

再び田島に視線を戻した。

「自分が傷つく、ひょっとしたら死ぬかもしれない。その恐怖はもちろんある。だが、それは自衛官になったときから、そしてＰＫＯの任を与えられたときから覚悟していることだ」

田島は耳を傾けながらも、泉谷が構える小銃を観察していた。それは事前に写真で見ていたものとは違っていた。肩で支える銃床やグリップの部分には木製の部品が使われているはずだったが、自作したのか、鉄パイプをつなぎ合わせたようなものに交換されていた。

「あいつは言っていたよ。引き金を引くことよりも、そのあとなにが起こるのかを考えることのほうが怖かった、って」

「どういうことですか？」

「我々が引き金を引いてもいい条件というのは明記されているが、引き金を引いた後どうなるのかという説明はどこにも書かれていない。テロのようなかたちで報復されるのではないか。関係のない人まで巻き込まれてしまうんじゃないか……。あいつはそれが怖かったんだ。自分のことなど後回しだ。迫り来る武装勢力に対し、恐怖に負けて簡単に発砲したら戦闘に突入してしまうだろう。そうなれば、自分が死ぬかだれかの命を奪うまで終わらないかもしれない。いや、死んでも終わらないかもしれない。いずれにしろ、血が流れる。その血が、家族や、仲間のものだったら……」

まるで両腕に重しでも載っているかのように、銃口が下がった。険しい顔もうつむき加減になる。

「自分が引き金を引かなければだれも傷つかずに終わるかもしれない……それは、逆らいがたい誘惑だ」

泉谷は額の汗をぬぐった。

「お二人は、その極限にいたんですね」

「あいつは引き金から指を離すことを選択した。屎尿にまみれた溝に体を押し込んで、ひたすら通り過ぎるのを待った。レンガ一枚の壁に伝わる着弾の衝撃と恐怖は、まるで鉄パイプで殴られているようだった。リンチにあっているようだったよ……」

泉谷は苦悶の表情を浮かべた。

「人を殺した手で我が子は抱けない。だからよかった。帰国後、そう言ってたよ。しかし精神を病んでいることはすぐにわかった。それなのに周りはなにもしない。こいつの……」

生気が弱まっているように見えた泉谷の顔面が、みるみる赤みを増してきた。内部から湧き出る怒りのエネルギーを、皮一枚で抑え込んでいるようだった。

「この大臣様の勝手な行動のせいでよ！　こいつのせいで病になったのに、なにもしてやらなかった！　結局、あいつは自分の子供を抱けなかった！」

　富田の横腹に泉谷のかかとが落とされ、うめき声が漏れた。

「泉谷さん、あなたの目的は和多田さんの無念を晴らすことなんですよね？」

　返答はなかった。富田を射貫こうとするかのような視線を垂直に落としているだけだった。

　しかし耳を傾けているのはわかったので、田島は冷静さを思い出させるように、落ち着いた声で話しかけた。

「あなたにはチャンスがある。これから始まる裁判で全部語ればいい。そこではだれもあなたの言葉を隠せはしない。マスコミ、そして国民は否応なしに注目する」

　裸足を見ながら言った。

「あなたは逃げるつもりはない。それは、メッセージを発信するためだ。違いますか？　ならば殺人は不利です。なぜなら、どんなに憎くても大臣を殺して当たり前だと考える日本人は少ないからです。その引き金を引いた瞬間、あなたに共感する人はいなくなる。そして和多田さんの死も無駄になってしまう」

　泉谷の目が揺れた気がした。泉谷は異常者などではない。確固たる意思がある。ならば、その意思に添う道を示してやればいい。

「あなたの目的は、和多田さんの名誉の回復のはずだ。それは別の方法で叶えられるはずです」

「だけど……」

喉の奥底から、振動のように伝わってきた。

「だけど、自殺に追いやったこいつが野放しでいるのは許せない。世間から非難されても、のうのうと生きていけるじゃないか。瞬間的に同情してくれたとしても、ひとはすぐに忘れてしまう」

富田が恐る恐る顔を上げる。

「そ、それは関係ないじゃないか、自殺に追い込むなんてことは、これっぽっちも……」

泉谷は目を見開いたかと思うと、壁に向かって小銃を発砲した。

強烈な銃声に田島は耳を塞いだが、耳鳴りは目眩すら起こさせ、思わず膝をついた。耳鳴りの向こうに野獣のような叫び声があがっているのがわずかに聞こえた。

銃口がまた光を放ったがその音はすでに聞こえなくなっていた。

自分の呼気の音が、体内から土管の中で反響するかのように聞こえる。それに混ざってようやく聞こえてきたのは富田の悲鳴だった。

富田の頬に、おそらく熱せられているであろう銃口が当てられていた。

「お前が言うか！　あぁっ！　だったら、あいつが死んだこの銃でお前も逝くか、あぁっ？」

目眩はまだ残っていたが、壁に穴が一つ空いているのが見えて、その横のドアが突然開いた。

松井が飛び込んできた。泉谷が松井の存在を認識する前に、松井が構える拳銃は微動だにせずまっすぐに泉谷を捉えていた。

「警務隊の松井だ」

泉谷は松井を一瞥したあと、銃口を突きつけたままの富田を冷たい目で見下ろした。

「撃てますか、松井さん。構いませんよ」

松井は無言だ。

「この状況、いまの自衛隊みたいじゃありませんか。自衛隊は攻撃されるまで反撃できない。ね？　俺はあなたに銃は向けていないですよ。だから撃てないんですよ。あなたが引き金を引けるとしたら、俺がこいつを撃ったときだ。でも俺が撃ったあとに銃を捨てて投降したら？　テロリストであっても投降の意思を示している者は、やはり撃てない」

撃て、撃てぇ、撃ってくれぇ、と富田のうめき声が聞こえる。

「都合のいいこと言っててんじゃねぇよ！」

泉谷は脇腹を蹴って黙らせた。それからまた、ゆっくりと銃口を富田の額に押し付けた。その形相はぐにゃりと変形した鬼のようだった。

「俺たちには最後まで撃つなと命じてきたんだろうが！　平和なＰＫＯをアピールするためによぉ！」

「い、いや、撃たれたら撃ってもいいって……」

「その規定が曖昧なんだよ！　威嚇射撃は警察ですらできるのに俺たちは許されない。規定に書かれていない状況で一発でも撃とうものなら上へ下への大騒ぎだ。いったい、どう撃てば褒めてくれるってんだよぉ！　いまか、いまだな！」

「やめてくれよぉぉ」

「やかましい！　和多田の仇だ、死ねやぁぁぁ！」

泉谷の構える64式小銃が、さらに押し付けられた。叫び声が歪に交わっていく対面で、松井の人差し指が拳銃の引き金に触れた。迷いのない意思を示すように、まっすぐに伸ばした腕、そして照準は泉谷を正確に捉え微動だにしていない。

それは静と動の対比を見ているようだった。

泉谷の唸り声はやがて叫びに変わり、それが最高潮に達する。肺の空気をすべて叫びに変換し尽くし、呼吸が止まる。富田の叫び声も重なっていたことに気づく。

静寂。時間が、止まった。

田島はいずれかの発砲を覚悟した。

だが、ふたつの引き金はいつまでも引かれなかった。

やがて呼吸することを思い出したかのように肩を大きく揺らせて息を吸い込んだ泉谷は、銃口を富田から外した。

それから無様に体を丸める富田を冷たい目で見下ろしながら、銃を操作しはじめた。

田島には何をしているのかわからなかったが、金属音が鳴るたびに危険は去っていくことが感じられた。

安全装置をかけ、弾倉を外し、ボルトを後退させて弾を排出させる、さらにそのボルトそのものまで引き抜いて床に落とした。

田島には、その無駄の無い分解動作は、まるで手品を見ているようだった。数え切れないくらい繰り返してきたのだろう。その手さばきは美しくもあった。

そして小銃を床に置くと、壁に向かって膝をつき、手を頭の後ろで組んだ。

「田島さん」

銃を構えたままの松井に促され、田島は呪縛が解けたように立ち上がった。そして泉谷の両手に手錠をかける。どんな罪状を告げるべきなのか迷ったが、結局、銃刀法違反を宣言した。

松井が静かに銃を仕舞った。表情は変わらないように見えたが、安堵しているように感じられた。


恐る恐るドアから顔を覗かせた恵美に目で合図すると、恵美は富田の下に駆け寄った。

泉谷はさっきまで見せていた感情の爆発が嘘のように、静かに膝をつき、軽く顎を上げ、目を閉じていた。その姿は、まるで介錯を待つ侍のようにも思えた。

とにかく、危険は去った。そのことを八木に伝えようと警察無線に手をやったときだった。

「おまえ、何やってんだ！」

振り返って見ると富田が恵美に支えられながら立ち上がるところだった。その矛先は松井だった。

「さっさと撃ちゃあいいだろうがよ」

頬にハンカチを当てていた恵美を突き飛ばした。

親切を無下にされた恵美は、富田の後頭部を睨み付けながら、そのハンカチをたたき落として足で踏んだ。音はしなかったが怒っているのがよくわかった。

「腰にぶら下げている銃は飾りものか！　ああっ！」

松井は泉谷の背中を見ながら言った。

「自衛隊は国を守るために存在します。その理念は専守防衛です。それに……とくに危険は感じませんでしたので」

「はぁ？　どこがだ！　俺は殺されそうになったんだぞ！」

松井は涼しい顔で頷いた。

「人によって危険の感じ方は違うんでしょう。あ、これは、あなたが言われた言葉でしたね。ＰＫＯ任地の危険性について野党から質問されたときでしたけど」

「てめぇ……ふざけんなよ」

詰め寄った富田がこぶしを振り上げ、殴りかかった。松井はそれを表情ひとつ変えずに払いのける。

だが、それが癪に障ったのか、富田は松井の胸ぐらを摑むと、おとなしく殴られろとばかりにこぶしを叩きつけた。

田島にはそう見えたが、あまりにスピードが速かったので、理解が追いつかなかった。

実際は違う。めんどくさそうな顔の松井は急に目を見開くと、襲ってきた腕を摑み、手首を捻り上げ、前かがみになった富田の脇腹を思い切り蹴り上げていた。体を捩じらせながら倒れ込んだ大臣に、松井は膝を折って屈み込むと、ぼそりと言った。

「これが専守防衛です」

再び頬を床につけた富田の横に、恵美はまるで唾でも吐き捨てるように、靴の跡がついたハンカチを投げつけた。

「お前、ただですむと思うなよ……」

松井はなにも言わず、田島に向かって肩をすくめて見せた。

「おい、田島っ！　どうだ、大丈夫か！」

外からドアを叩く八木の声に、すこし待つように叫び返した。

富田はペットボトルの山で体を支えながら立ち上がると、ネクタイを締めなおした。そして政治家の顔になる。いつもテレビで見ている、したたかで相手の弱みにつけ込むような顔だ。

さっきまで床で丸くなっていたときと違い自信が復活してきたようで、背筋を伸ばすと恰幅の良さも手伝って大柄(おおがら)に見えてくる。

「それでもな、こうやって世界は回ってるんだ。そのためには犠牲も必要だ。自殺した隊員の名誉など、それに比べたらチリのようなものだ」

田島は泉谷を窺った。正座をし、まっすぐに壁を見つめ、なにも言わない。

そんな暗殺者に、富田は鼻を鳴らしてみせた。

「俺は、これからステージに行く。テレビ局にアップで映すようにも指示しておこう」

そう言って不敵に笑った。

「テロリストに襲われても毅然と立ち向かった、といいアピールになるだろう。俺の秘書はそのへんの情報操作が得意だからな」

手ぐしで髪を整えた富田は、ドアの前で言った。

「裁判でほざいても結局変わらんよ。お前の友達は自衛隊に泥を塗って勝手に死んだ。お前は無駄に刑務所に行き何年も臭い飯を食う。俺は銀座で美味い酒を飲んで女を抱く。それだけだ。お前らのようなクズは俺の記憶に留まるだけでも不快だ。だからすぐに忘れてしまうだろうな」

ノブに手をかけたところで振り返った。

「お前から見たら、俺は悪人なんだろう。だがな、それを決めるのはお前じゃない。物事の見方は俺が決める。それが世の大勢になるんだ。真実など関係なくな」

そう言うと、ドアを開けた。

おおっと声が上がった。外で待機していた刑事たちだ。事情を知らない者たちから見たら、どちらが善悪かは明らかだった。

それは、富田と入れ替わりになだれ込んできた者たちの形相を見ればわかる。

泉谷に殺到する刑事たちを、田島は、まるで見えない壁でもあるかのように手を広げて押しとどめた。

富田が喋っていた間も、終始背を向けていた泉谷だったが、田島が、その思ったよりも華奢に見える肩に手を置くと、小刻みな震えが伝わってきた。

顔を覗き込むと、泉谷は声も出さずに涙を流していた。

もう一度肩を叩いた。それを合図にしたかのようにつぶやいた。

「あいつはくそみたいにムカつくけど……でも……本当に変わらないのかもしれませんね……だったら、やっぱり殺せばよかったんでしょうか。でも最後まで迷って……」

「なぜ撃たなかったんです？」

泉谷は横に膝をついた田島に目を留め、それから背後を窺うように首をわずかに回した。

「もし……松井さんに撃つ気配が感じられたら、私も引き金を引いていたかもしれません。それで撃たれて死んでもいいと思いました。でも……」

わずかに笑みを浮かべたように見えた。

「でも、なぜか撃たれないような気がしました。なんとなく……ですけど。松井さんは、私を理解してくれている。私の、夢を」

「夢？」

「和多田と同じです。自分が引き金を引かなければ、平和に終わるかもしれないという誘惑、いえ、やはり夢です。自衛官にとって、それがいいのか悪いのかはわかりませんが、あのときは、その夢に賭けてみたいと思ったんです」

田島はもう一度肩を叩いた。松井を見ると、あいかわらずのへの字に口をまげていたが、どこか安心しているようでもあった。

「おい、田島。もういいか」

いまにも飛びかかろうとしている力を防波堤のように止めていた八木が言い、田島は頷いた。無抵抗の泉谷に必要以上とも思える力がかかるのを、田島は時に怒鳴ってやめさせた。

連行される泉谷が最後に言った。

「賭けには、負けたんでしょうね」

「わかりません。ですが、変わると思いますよ。それくらい信じてもバチはあたりません」

田島は力強く頷いてやった。

泉谷はその言葉の意図がつかめないような目で見返してきたが、連れていかれる直前、小さな会釈をしたのがわかった。

音楽堂の地上で起こっている楽しげな様子とは裏腹に、地下では多くの捜査関係者が集まり、騒ぎになっていた。

四番倉庫には鑑識などが入り、田島も詳細を聞かれていたが、断りを入れ、後にしてもらった。担当者は不満そうだったが、原田参事官が到着していたので融通を利かせてもらった。

田島は、別の刑事から聴取を受けていた松井を呼び出し、外に連れ出した。

頬を撫でるように流れる海の風は季節相応に冷たかったが、籠もった空気に満たされていた地下よりは格段に気持ちが良かった。

「田島さん、助かりました。警察ってのはしつこいですね。同じ話を何度もさせられるので参っていたところです」

田島は強く同意を示し、笑った。

「そう思ってましたよ。でも……。やっちゃいましたね。大丈夫なんですか」

どんな理由があれ、現職の大臣に蹴りを入れたのだ。普通は刑事事件になる。

松井はなにも言わず、はにかんだ様子で髪を後ろに撫で付けた。それを見て田島はメガネのブリッジを上げながら、耳元で囁いた。

「まぁ、個人的には正解だと思いますけどね」

ここでようやく、ふっきれたように声に出して笑った。

「ところで、泉谷が言っていたこと、あれ、ほんとうですか？」

「何がです？」

「松井さんに撃つ気配がなかったって」

飛行機雲が、夕焼けの空をふたつに分けるように延びていく。その様子を、目を細めながら眺めた。

「まぁ、そうですね。富田にも言いましたが、危険を感じなかったので」

「あの状況で、どうしてです」

「田島さん、あいつ、何発撃ったか覚えていますか？」

「え、一発……、あ、いや二発か。かなり間隔は狭かったですけど」

「そのとおりです。それで、壁の穴はいくつ空いていました？」

記憶をたどってハッとする。

「一つだ。一ヵ所しか空いてなかったですね!?　もう一発はどこに撃ったんですか」

松井は空を見上げたまま言った。

「同じところですよ」

「え、同じって？」

すぐには理解できなかった。

「一発目で空けた穴に二発目を撃ち込んだんです。たしかに距離は短いです。たかだか十メートルほどでしょう。でも、あの射撃間隔であの精度はかなり難易度が高い。そんなことをやってのけるくらい冷静な男ですから、最後、叫び声をあげていたときもどこか違うな、と」

「あれは芝居だったと？」

空を見上げていた松井の目が田島に向いた。そして首を左右に振る。

「少なくとも、異常者が我を忘れているようには見えませんでした。そして世界一重い引き金の意味を理解している」

田島は気が抜けたようなため息をついた。

「それで松井さんには撃つ気がなかった。それを泉谷も感じたんですね」

「命を懸ける最前線にいる連中は、そんな感性を持っているのかもしれません」

田島は大げさにため息をついた。

「やれやれ、いまごろ、鑑識は困っているだろうな。薬莢が二つあるのに穴が一つですから。あとで教えてやろう。ところで」ここで声のトーンを落とした。「これからどうするんですか？」

防衛大臣を蹴り上げ、しかもいくら警務官とはいえ、拳銃を持ち出すということは前代未聞のはずだ。そんな松井に、自衛隊で居場所はあるのだろうか。

「まぁ、仕事はなんとかなるでしょう。花屋でもやろうかな」

こともなげに言う松井に田島が応える。

「松井さんは目つきが悪いから接客は無理ですよ」

二人の笑い声が重なった。

田島は時計を見て、松井に顎をしゃくった。

「じゃあ、最後に音楽でも聴いていきませんか」

スロープを上り、音楽堂の横手に出てきた。ステージにはすでに陸上自衛隊の音楽隊が座っており、最後の曲を紹介するはずの彼らのボス、富田防衛大臣が来るのを待っている。その様子をやや俯瞰するように見ていた。

イベントを飾る、華々しいフィナーレになるはずだ。

しかしどこか様子がおかしい。まず、演奏者が座っているはずの席に空席がいくつか見えた。これから集まるという感じでもない。なぜなら、体を反らしてバックステージを覗くと、楽器をしまっている者の姿が見えたからだ。

「お、来ましたよ」

田島がいるところからは逆サイドの袖に富田の姿が見えた。

よく見ると、服装はやや乱れている。頬も赤く腫れているように見えるが、それも計算だろう。あとあと、テロリストと戦って負傷しながらも気丈に振る舞ったとアピールするつもりなのだ。

世論に善人のイメージを植え付けられれば、自分が正義になる。

それを理解しているかのように自信に満ちた表情の富田はステージ中央に立つと、客席を見渡しながら、尊敬を集めていることを疑わないという笑みを浮かべ、手を振った。しかし、すぐに異変に気づいたようで、その手を中途半端に降ろした。

松井も同様に異変に気づいて怪訝な顔をする。拍手があまりに散発的だったのだ。

ご機嫌を伺うような声をマイクに通す富田は、政治家人生で培ってきたポーカーフェイスを駆使してはいたが、やはり不安げだった。

「えー、本日はお集まりいただきありがとうございます……」

今度は、一声発するごとに、ざわめきが大きくなっていく。怒号も混ざっているようだった。

「私は自衛官を誇りに思っております」

背後の音楽隊を手で示しながらそう口にしたときは、ブーイングまで聞こえた。

松井が困惑顔を向けてきたが、田島は肩をすくめて返した。

富田はブーイングのした方向を見て睨みつけたが、今度は逆側からも聞こえ、やがて会場中に広がりはじめた。

「いったい……何があったんですか」

「よくわかりません。どうしたんでしょうね」

田島はそう言いながらポケットからワイヤレスマイクを取り出すと、スイッチを入れ、ブーイングをしてみた。すると田島のブーイングが会場内に響き渡った。

合点した松井が、不安そうな顔で聞く。

「会話を流してたんですか、あの部屋でのこと。いったいいつから?」

「さぁ、どうなんでしょう。偶然スイッチが入ってしまって、うっかり大臣の暴言が流れちゃったのかもしれませんね。なにしろ、あの騒ぎでしたからよくわかりません」

松井が歯を見せて笑うのを、田島ははじめて見た。

「なるほど、放送事故ですね、これは」

「まったくそのとおりですね」

それでも富田は、北風に立ち向かうかのようにブーイングと闘っていたが、やがて逃げるように退場した。

それと入れ替わるように、席を離れていた奏者たちが戻ってきた。

彼らなりの謀反(むほん)だったのだろう。

音楽隊の指揮者がタクトを振り、演奏が始まった。

田島も聞いたことがある、ジャズのスタンダードナンバー、『A列車で行こう』だった。松井も小さく首を振りながらリズムをとっている。

曲がクライマックスに近づいたころ、松井が言った。

「変わりますかね、これで」

指揮者のタクトの動きに自身の人差し指を合わせていた田島はメガネを取ると、悪戯な笑みを浮かべながらウインクをしてみせた。

エピローグ

春と呼んでも差し支えない程度に暖かい日が続くようになっていた。風はまだ肌寒いが、太陽が当たっているうちは頬も緩む。そして、気の早い桜が散発的に咲いていた。

「明るいうちからビールを飲むって、いいですよね。すっかり酔っぱらいました」

ラフな服装の松井が言った。店外のテーブルで、陽の光を満喫するように背伸びをした。

「ここは、そんな人ばっかりですからね、人の目も気になりません」

田島は、自衛隊を除隊し東京を離れると連絡をしてきた松井と休みを合わせて会うことにし、赤羽駅で待ち合わせたのだった。

駅に吸い込まれていく通勤客とすれ違いながら落ち着ける場所を探していたが、二十四時間営業の立ち飲み屋などがよく目につき、喫茶店よりも多いのではないかと感じるほどだった。朝からモーニングコーヒーをオーダーするような感覚で、ビールを飲んでいる人たちを見て、二人は苦笑しながらも倣うことにした。

モツ煮の小皿をつつきながら田島は聞いた。

「これからどうするんです？」

そうですねぇ、と松井は空を見上げる。

「あのときも似たような話をしましたよね。花屋です」

「あのときも言いましたけど、客商売はどうかと思いますよ」

乾いた笑いが重なる。

「でも……辞めるまでもなかったんですよね？」

松井はチューハイをオーダーすると、飲みかけだったビールを喉に流し込んだ。

「どういうわけか懲戒処分にはなりませんでしたけどね。やっぱり、けじめというか」

「拳銃を持ち出し、大臣に蹴りを喰らわせても、結果的に大臣の命を守って事件も解決したからプラマイゼロってことにしてもいいと思いますけど」

「どうでしょう。まぁ、その大臣も、いまは大変そうですしね」

テーブルに置かれた新聞の一面には、中央スーダンからのPKOの撤退の報道とともに、辞職に追い込まれた富田前防衛大臣の記事が載っていた。中央スーダンでの出来事や前防衛大臣の言動について政府は野党から厳しい追及を受けていた。その一因にもなったのが音楽堂での会話だった。

「私より、田島さんのほうが大変だったのでは？　なにしろ、放送事故を故意に起こしたんですから」

田島は苦笑しながらビールを飲み干し、梅酒をロックで頼んだ。

「もちろん追及はされましたが、明けない夜はありません」

実際、あの会話が田島の持っていたワイヤレスマイクから漏れたことはすぐに特定され、福川捜査一課長、吉田刑事部長をはじめ、監察官から聴取を受けた。

連日、事件捜査の経緯などを詳細に報告することになったが、〝放送事故〟については あくまでも事故とされ、深くは追及されないまま終わった。

故意・過失は証明しようがなく、また、おそらく原田参事官の助言があったのではないかと考えていた。

風に乗って、桜の花びらが舞い落ちてきた。

「組織は違えど、同じ捜査畑。田島さん、いろいろとありがとうございました。人生でこんな体験は二度とできないでしょうね」

「まったくです。はじめはどうなるかと思いましたよ。第一印象は最悪。相当、感じ悪かったですから」

笑い声を交わす間に、チューハイと梅酒ロックが来た。

乾杯をして口をつけたとき、田島の携帯電話が鳴った。

ディスプレイに表示されている名前を見て、テーブルにそっと伏せる。

「いいんですか？」

松井が携帯電話を指差す。

「いいんです。不在だったからといって諦める女じゃありませんから」

「ああ、あのお嬢さんですか」

松井はチューハイを一気飲みすると、立ち上がった。

「事件でしょ。私も、そろそろ行きますので」

田島も立ち上がって手を差し出す。

「また、どこかで」

握手をし、敬礼をし、笑みを残して松井は背を向けた。そして本格的な開花のタイミングを待つ桜の木を見上げながら、赤羽駅の方向に消えた。

田島が腰を下ろして梅酒に口をつけたとき、またしても携帯電話が鳴った。さっきと同じ着信音のはずなのに、どこか怒っているようにも感じられた。

あきらめ顔でポテトサラダを口に入れながら、通話ボタンを押す。

『田島さん、なにやってるんですか』

恵美の声が無遠慮に飛び出してくる。

「なにって、ちょっと一杯やっているんですが」

『ええぇっ!?』

「待て待て。私は休みですよ。飲んだってバチはあたらないでしょう」

『違います。いつも、水とか不気味な色のスムージーとかしか飲まない健康オタクの田島さんが、朝から一杯っていうのが意外なんです』

「毎日ならともかく、稀に朝から飲んだからといって、即健康に害があるとは限らないでしょう」

「潔癖症は完全を求めるんですよ」

「だから違いますって」

しかし、ふとテーブルを見てみると、四つの小鉢とグラスが、右から大きい順に等間隔できれいに並んでいた。畳まれたおしぼりの四隅はぴったりと並んでいるし、割箸にいたっては、きっちり折り込まれた箸置きに、テーブルに対して平行に置いてあった。

悔しまぎれに小鉢のひとつを動かしてみたものの落ち着かず、また列に戻した。

「で、なんの用ですか」

『あ、そうそう事件です』

「そうそうって……さっきも言いましたが」

『いいから来いっつってんだろぅ』

「え？」

恵美がいきなり暴言を吐いたので一瞬戸惑った。

休みを申請したとき、ゆっくり羽を伸ばせと言っていたのは幻だったのか。

『つて八木さんが言ってます』

「いいから来い、という意味がわかりませんが……なに笑ってるんです？」

『横で八木さんが、田島さんのセリフとまったく同じこと言ってハモってたので』

田島は空を見上げてため息を長めについた。それから腕時計を見る。

「現場は？」

頭の中で行き方を考えながら、そばにあった桜の木を見上げた。

確実に春が近づいていることを、蕾(つぼみ)が教えてくれていた。

この作品は、二〇一七年十一月に小社より刊行されました。
この作品はフィクションであり、実在する個人や団体などとは一切関係ありません。

|著者| 梶永正史　1969年、山口県生まれ。『警視庁捜査二課・郷間彩香 特命指揮官』で第12回「このミステリーがすごい！」大賞を受賞し、2014年にデビュー。他の著書に『警視庁捜査二課・郷間彩香　パンドーラ』、『組織犯罪対策課　白鷹雨音』、『ノー・コンシェンス　要人警護員・山辺努』、『アナザー・マインド　×1捜査官・青山愛梨』などがある。

銃の啼き声　潔癖刑事・田島慎吾
梶永正史
© Masashi Kajinaga 2019

2019年5月15日第1刷発行

発行者――渡瀬昌彦
発行所――株式会社　講談社
東京都文京区音羽2-12-21　〒112-8001
電話　出版（03）5395-3510
　　　販売（03）5395-5817
　　　業務（03）5395-3615
Printed in Japan

講談社文庫
定価はカバーに
表示してあります

デザイン―菊地信義
本文データ制作―講談社デジタル製作
印刷―――豊国印刷株式会社
製本―――株式会社国宝社

落丁本・乱丁本は購入書店名を明記のうえ、小社業務あてにお送りください。送料は小社負担にてお取替えします。なお、この本の内容についてのお問い合わせは講談社文庫あてにお願いいたします。
本書のコピー、スキャン、デジタル化等の無断複製は著作権法上での例外を除き禁じられています。本書を代行業者等の第三者に依頼してスキャンやデジタル化することはたとえ個人や家庭内の利用でも著作権法違反です。

ISBN978-4-06-515950-7

講談社文庫刊行の辞

二十一世紀の到来を目睫に望みながら、われわれはいま、人類史上かつて例を見ない巨大な転換期をむかえようとしている。

世界も、日本も、激動の予兆に対する期待とおののきを内に蔵して、未知の時代に歩み入ろうとしている。このときにあたり、創業の人野間清治の「ナショナル・エデュケイター」への志を現代に甦らせようと意図して、われわれはここに古今の文芸作品はいうまでもなく、ひろく人文・社会・自然の諸科学から東西の名著を網羅する、新しい綜合文庫の発刊を決意した。

激動の転換期はまた断絶の時代である。われわれは戦後二十五年間の出版文化のありかたへの深い反省をこめて、この断絶の時代にあえて人間的な持続を求めようとする。いたずらに浮薄な商業主義のあだ花を追い求めることなく、長期にわたって良書に生命をあたえようとつとめるところにしか、今後の出版文化の真の繁栄はあり得ないと信じるからである。

同時にわれわれはこの綜合文庫の刊行を通じて、人文・社会・自然の諸科学が、結局人間の学にほかならないことを立証しようと願っている。かつて知識とは、「汝自身を知る」ことにつきていた。現代社会の瑣末な情報の氾濫のなかから、力強い知識の源泉を掘り起し、技術文明のただなかに、生きた人間の姿を復活させること。それこそわれわれの切なる希求である。

われわれは権威に盲従せず、俗流に媚びることなく、渾然一体となって日本の「草の根」をかたちづくる若く新しい世代の人々に、心をこめてこの新しい綜合文庫をおくり届けたい。それは知識の泉であるとともに感受性のふるさとであり、もっとも有機的に組織され、社会に開かれた万人のための大学をめざしている。大方の支援と協力を衷心より切望してやまない。

一九七一年七月

野間省一

講談社文庫 最新刊

塩田武士
罪の声
昭和最大の未解決事件を圧倒的な取材で描いた大ベストセラー！　山田風太郎賞受賞作。

上田秀人
竜は動かず 奥羽越列藩同盟顛末
〈(上)万里波濤編　(下)帰郷奔走編〉
仙台の下級藩士に生まれ、世界を知った玉虫左太夫は、奥州を一つにするため奔走する！

森　博嗣
χの悲劇
〈THE TRAGEDY OF χ〉
トラムに乗り合わせた〝探偵〟と殺人者。Gシリーズ転換点となる決定的作品。後期三部作、開幕！

江波戸哲夫
新装版 **ジャパン・プライド**
リーマン・ショックに揺れるメガバンク。生き残りをかけた新時代の銀行員たちの誇り！

起業の星
リストラに遭った父と会社に見切りをつけた息子。経験か才覚か……父と子の起業物語。

藤井邦夫
三つの顔
〈大江戸閻魔帳(二)〉
若き戯作者・閻魔堂赤鬼こと青山麟太郎は、ひょうひょうと事件を追う。〈文庫書下ろし〉

梶永正史
銃の啼き声
〈潔癖刑事・田島慎吾〉
その事故は事件ではないのか？　潔癖刑事と天然刑事がコンビを組んだリアル刑事ドラマ。

原田伊織
三流の維新　一流の江戸
〈明治は「徳川近代」の模倣に過ぎない〉
〝令和〟の正しき方向とは？　未来へ続くグランドデザインのモデルは徳川・江戸にある。

柴崎竜人
三軒茶屋星座館 4
〈秋のアンドロメダ〉
〝三茶のプラネタリウム〟が未来への希望を繋ぐ。「星と家族の人生讃歌物語」遂に完結！

講談社文庫 最新刊

海堂 尊
黄金地球儀2013
1億円、欲しくないか？ 桜宮の町工場の息子に悪友が持ちかけた一世一代の計画とは。

藤田宜永
血の弔旗
重罪を犯し、大金を手にした男たち。昭和の時代と風俗を活写した不朽のサスペンス巨編。

石川智健
第三者隠蔽機関
警察の不祥事を巡って、アメリカ系諜報企業と日の丸監察官がバトル。ニューウェーブ警察小説！

石田衣良
逆島断雄
〈本土最終防衛決戦編2〉
いよいよ上陸を開始した敵の大軍。祖国防衛か植民地化か。「須佐乃男」作戦の真価が問われる！

古野まほろ
陰陽少女
この少女、無敵！ 陰陽で知り、論理で解決。オカルト×ミステリーの新常識、誕生。

瀧羽麻子
サンティアゴの東 渋谷の西
仕事の悩み、結婚への不安、家族の葛藤。小さな出会いが人生を変える六つの短編小説。

吉川永青
化け札
戦国時代、「表裏比興の者」と秀吉が評し、家康が最も畏れた化け札、真田昌幸の物語。

西村賢太
藤澤清造追影
藤澤清造生誕130年――二人の私小説作家、二つの時代、人生を横断し交感する魂の記録。

加藤典洋

完本 太宰と井伏 ふたつの戦後

解説=與那覇 潤　年譜=著者

一度は生きることを選んだ太宰治は、戦後なぜ再び死に赴いたのか。師弟でもあった二人の文学者の対照的な姿から、今に続く戦後の核心を鮮やかに照射する。

かP4
978-4-06-516026-8

金子光晴

詩集「三人」

解説=原 満三寿　年譜=編集部

一九四四年、妻森三千代、息子森乾とともに山中湖畔へ疎開した光晴が、三人の詩を集めて作った私家版詩集。戦争に奪われない家族愛を希求した、胸を打つ詩集。

かD6
978-4-06-516027-5

講談社文庫　目録

芥川龍之介　藪の中
有吉佐和子　新装版 和宮様御留
阿川弘之　春風落月
阿川弘之　亡き母や
阿刀田高　ナポレオン狂
阿刀田高　新装版ブラック・ジョーク大全
阿刀田高　新装版 食べられた男
阿刀田高　新装版 妖しいクレヨン箱
阿刀田高　新装版 奇妙な昼さがり
阿刀田高編　ショートショートの花束1
阿刀田高編　ショートショートの花束2
阿刀田高編　ショートショートの花束3
阿刀田高編　ショートショートの花束6
阿刀田高編　ショートショートの花束7
阿刀田高編　ショートショートの花束8
阿刀田高編　ショートショートの花束9
安房直子　南の島の魔法の話
相沢忠洋　「岩宿」の発見〈幻の旧石器を求めて〉
安西篤子　花あざ伝奇

赤川次郎　真夜中のための組曲
赤川次郎　東西南北殺人事件
赤川次郎　起承転結殺人事件
赤川次郎　冠婚葬祭殺人事件
赤川次郎　人畜無害殺人事件
赤川次郎　純情可憐殺人事件
赤川次郎　結婚記念殺人事件
赤川次郎　豪華絢爛殺人事件
赤川次郎　妖怪変化殺人事件
赤川次郎　流行作家殺人事件
赤川次郎　ABCD殺人事件
赤川次郎　狂気乱舞殺人事件
赤川次郎　女優志願殺人事件
赤川次郎　輪廻転生殺人事件
赤川次郎　百鬼夜行殺人事件
赤川次郎　偶像崇拝殺人事件
赤川次郎　四字熟語殺人事件〈ベスト・セレクション〉
赤川次郎　三姉妹探偵団
赤川次郎　三姉妹探偵団2〈キャンパス篇〉

赤川次郎　三姉妹探偵団3〈珠美・初恋篇〉
赤川次郎　三姉妹探偵団4〈怪奇篇〉
赤川次郎　三姉妹探偵団5〈復讐篇〉
赤川次郎　三姉妹探偵団6〈危機一髪篇〉
赤川次郎　三姉妹探偵団7〈駈け落ち篇〉
赤川次郎　三姉妹探偵団8〈人質篇〉
赤川次郎　三姉妹探偵団9〈青ひげ篇〉
赤川次郎　三姉妹探偵団10〈父恋し篇〉
赤川次郎　死が小径をやってくる〈三姉妹探偵団11〉
赤川次郎　死神のお気に入り〈三姉妹探偵団12〉
赤川次郎　次女と野獣〈三姉妹探偵団13〉
赤川次郎　心地よい悪夢〈三姉妹探偵団14〉
赤川次郎　ふるえて眠れ、三姉妹〈三姉妹探偵団15〉
赤川次郎　三姉妹、呪いの道行〈三姉妹探偵団16〉
赤川次郎　三姉妹、初めてのおつかい〈三姉妹探偵団17〉
赤川次郎　恋の花咲く三姉妹〈三姉妹探偵団18〉
赤川次郎　月もおぼろに三姉妹〈三姉妹探偵団19〉
赤川次郎　三姉妹、ふしぎな旅日記〈三姉妹探偵団20〉

講談社文庫 目録

赤川次郎 三姉妹、清く貧しく美しく〈三姉妹探偵団21〉
赤川次郎 三姉妹と忘れじの面影〈三姉妹探偵団22〉
赤川次郎 三姉妹、舞踏会への招待〈三姉妹探偵団23〉
赤川次郎 三人姉妹殺人事件〈三姉妹探偵団24〉
赤川次郎 三姉妹、さびしい入江の歌〈三姉妹探偵団25〉
赤川次郎 沈める鐘の殺人
赤川次郎 静かな町の夕暮に
赤川次郎 ぼくが恋した吸血鬼
赤川次郎 秘書室に空席なし
赤川次郎 我が愛しのファウスト
赤川次郎 手首の問題
赤川次郎 おやすみ、夢なき子
赤川次郎 二重奏（デュオ）
赤川次郎 メリー・ウィドウ・ワルツ
赤川次郎ほか 二十四粒の宝石〈超短編小説傑作集〉
赤川次郎 横田順彌 二人だけの競奏曲
新井素子 グリーン・レクイエム
安土敏 小説スーパーマーケット(上)(下)
安土敏 償却済社員、頑張る

阿井景子 真田幸村の妻
浅野健一 新・犯罪報道の犯罪
安能務 訳 封神演義 全三冊
安部譲二 絶滅危惧種の遺言
安西水丸 東京美女散歩
トルーマン・カポーティ 安西水丸 訳 真夏の航海
綾辻行人 緋色の囁き
綾辻行人 暗闇の囁き
綾辻行人 黄昏の囁き
綾辻行人 殺人方程式〈切断された死体の問題〉
綾辻行人 鳴風荘事件 殺人方程式II
綾辻行人 十角館の殺人〈新装改訂版〉
綾辻行人 水車館の殺人〈新装改訂版〉
綾辻行人 迷路館の殺人〈新装改訂版〉
綾辻行人 人形館の殺人〈新装改訂版〉
綾辻行人 時計館の殺人〈新装改訂版〉(上)(下)
綾辻行人 黒猫館の殺人〈新装改訂版〉
綾辻行人 暗黒館の殺人 全四冊
綾辻行人 びっくり館の殺人

綾辻行人 奇面館の殺人(上)(下)
綾辻行人 どんどん橋、落ちた〈新装改訂版〉
阿井渉介 荒南風（あらはえ）
阿井渉介 うなぎ丸の航海
阿井渉介 生首岬の殺人〈警視庁捜査一課事件簿〉
阿井渉介 阿部牧郎他 薄灯かり〈官能時代小説アンソロジー〉
阿井文瓶 伏龍〈海底の少年特攻兵〉
我孫子武丸 0の殺人
我孫子武丸 人形はこたつで推理する
我孫子武丸 人形は遠足で推理する
我孫子武丸 人形はライブハウスで推理する
我孫子武丸 新装版 8の殺人
我孫子武丸 眠り姫とバンパイア
我孫子武丸 狼と兎のゲーム
我孫子武丸 新装版 殺戮にいたる病
有栖川有栖 ロシア紅茶の謎
有栖川有栖 スウェーデン館の謎
有栖川有栖 ブラジル蝶の謎
有栖川有栖 英国庭園の謎

講談社文庫　目録

有栖川有栖　ペルシャ猫の謎
有栖川有栖　幻想運河
有栖川有栖　幽霊刑事(デカ)
有栖川有栖　マレー鉄道の謎
有栖川有栖　スイス時計の謎
有栖川有栖　モロッコ水晶の謎
有栖川有栖　新装版 マジックミラー
有栖川有栖　新装版 46番目の密室
有栖川有栖　虹果て村の秘密
有栖川有栖　闇の喇叭(らっぱ)
有栖川有栖　真夜中の探偵
有栖川有栖　論理爆弾
有栖川有栖　名探偵傑作短篇集 火村英生篇
有栖川有栖 篠田真由美 二階堂黎人 法月綸太郎　「Y」の悲劇
有栖川有栖／恩田陸 加納朋子／貫井徳郎 法月綸太郎　「ABC」殺人事件
姉小路　祐　署長刑事(デカ) 徹底抗戦
姉小路　祐　監察特任刑事(デカ)
姉小路　祐　影のクロス〈監察特任刑事(デカ)〉
姉小路　祐　緘殺(かんさつ)のファイル〈監察特任刑事(デカ)〉

秋元　康　伝染歌
浅田次郎　日輪の遺産
浅田次郎　勇気凜凜ルリの色
浅田次郎　四十肩と恋愛 勇気凜凜ルリの色
浅田次郎　地下鉄(メトロ)に乗って
浅田次郎　霞町物語
浅田次郎　福音について 勇気凜凜ルリの色
浅田次郎　満天の星 勇気凜凜ルリの色
浅田次郎　ひとは情熱がなければ生きていけない〈勇気凜凜ルリの色〉
浅田次郎　シェエラザード(上)(下)
浅田次郎　歩兵の本領
浅田次郎　蒼穹の昴 全四巻
浅田次郎　珍妃の井戸
浅田次郎　中原の虹 全四巻
浅田次郎　マンチュリアン・リポート
浅田次郎　天国までの百マイル
浅田次郎 原作 ながやす巧 漫画　鉄道員(ぽっぽや)／ラブ・レター
青木　玉　小石川の家
青木　玉　底のない袋

青木　玉　記憶の中の幸田一族〈青木玉対談集〉
阿部和重　アメリカの夜
阿部和重　グランド・フィナーレ
阿部和重　A B C〈阿部和重初期作品集〉
阿部和重　ミステリアスセッティング
阿部和重　IP／NN 阿部和重傑作集
阿部和重　シンセミア(上)(下)
阿部和重　ピストルズ(上)(下)
阿部和重　クエーサーと13番目の柱
阿川佐和子　マチルデの肖像〈恋する音楽小説2〉
麻生　幾　加筆完全版 宣戦布告(上)(下)
麻生　幾　奪還
安野モヨコ　美人画報
安野モヨコ　美人画報ハイパー
安野モヨコ　美人画報ワンダー
有吉玉青　風の牧場
有吉玉青　美しき一日(いちじつ)の終わり
甘糟りり子　産む、産まない、産めない
赤井三尋　翳(かげ)りゆく夏

赤井三尋　面影はこの胸に
あさのあつこ　NO.6〔ナンバーシックス〕#1
あさのあつこ　NO.6〔ナンバーシックス〕#2
あさのあつこ　NO.6〔ナンバーシックス〕#3
あさのあつこ　NO.6〔ナンバーシックス〕#4
あさのあつこ　NO.6〔ナンバーシックス〕#5
あさのあつこ　NO.6〔ナンバーシックス〕#6
あさのあつこ　NO.6〔ナンバーシックス〕#7
あさのあつこ　NO.6〔ナンバーシックス〕#8
あさのあつこ　NO.6〔ナンバーシックス〕#9
あさのあつこ　NO.6 beyond〔ナンバーシックス・ビヨンド〕
あさのあつこ　待　っ　て　る　〈橘屋草子〉
あさのあつこ　さいとう市立さいとう高校野球部(上)(下)
あさのあつこ　〈さいとう市立さいとう高校野球部〉甲子園でエースしちゃいました
赤城　毅　虹のつばさ
赤城　毅　麝香姫の恋文
赤城　毅　書物法廷
阿部夏丸　泣けない魚たち
阿部夏丸　父のようにはなりたくない

青山　潤　アフリカにょろり旅
梓　河人　ぼくとアナン
朝倉かすみ　感応連鎖
朝比奈あすか　憂鬱なハスビーン
朝比奈あすか　あの子が欲しい
荒山　徹　柳生大戦争
荒山　徹　柳生大作戦(上)(下)
天野作市　気高き昼寝
天野作市　みんなの旅行
青柳碧人　浜村渚の計算ノート
青柳碧人　浜村渚の計算ノート　2さつめ〈ふしぎの国の期末テスト〉
青柳碧人　浜村渚の計算ノート　3さつめ〈水色コンパスと恋する幾何学〉
青柳碧人　浜村渚の計算ノート　3と1/2さつめ〈ふえるま島の最終定理〉
青柳碧人　浜村渚の計算ノート　4さつめ〈方程式は歌声に乗って〉
青柳碧人　浜村渚の計算ノート　5さつめ〈鳴くよウグイス、平面上〉
青柳碧人　浜村渚の計算ノート　6さつめ〈パピルスよ、永遠に〉
青柳碧人　浜村渚の計算ノート　7さつめ〈悪魔とポタージュスープ〉
青柳碧人　浜村渚の計算ノート　8さつめ〈虚数じかけの夏みかん〉
青柳碧人　浜村渚の計算ノート　8と2分の1さつめ〈つるかめ家の一族〉

青柳碧人　双月高校、クイズ日和
青柳碧人　東京湾　海中高校
青柳碧人　希土類少女
朝井まかて　花　競　べ〈向嶋なずな屋繁盛記〉
朝井まかて　ちゃんちゃら
朝井まかて　すかたん
朝井まかて　ぬけまいる
朝井まかて　恋　歌
朝井まかて　阿蘭陀西鶴
朝井まかて　藪医　ふらここ堂
歩　りえこ　ブラを捨て旅に出よう〈貧乏乙女の"世界一周"旅行記〉
安藤祐介　営業零課接待班
安藤祐介　被取締役新入社員
安藤祐介　おい！山田〈大翔製菓広報宣伝部〉
安藤祐介　宝くじが当たったら
安藤祐介　一〇〇〇ヘクトパスカル
安藤祐介　テノヒラ幕府株式会社
青木　理　絞首刑
天祢　涼　議員探偵・漆原翔太郎〈セシューズ・ハイ〉

講談社文庫　目録

3月15日現在